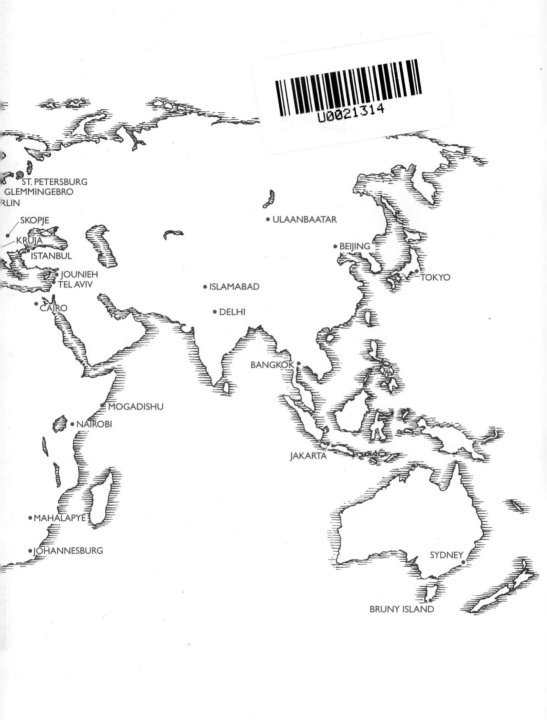

ST. PETERSBURG

GLEMMINGEBRO

RLIN

SKOPJE

KRUJA

ISTANBUL

JOUNIEH
TEL AVIV

CAIRO

MOGADISHU

NAIROBI

MAHALAPYE

JOHANNESBURG

ULAANBAATAR

BEIJING

TOKYO

ISLAMABAD

DELHI

BANGKOK

JAKARTA

SYDNEY

BRUNY ISLAND

窗
50位作家，50種觀點

WINDOWS ON THE WORLD
Fifty Writers, Fifty Views

MATTEO PERICOLI
馬帝歐‧佩里柯利——著

廖婉如——譯

獻給娜狄亞

窗內，窗外，有他們的故事，也有我自己的……

偷窺華麗古老的過去

王春子｜插畫家

　　去年的十一月，因為畫畫遇到瓶頸，剛好有機會休息，便在巴黎瑪黑區待了三個月。在巴黎沒什麼事要做，每天最認真踏實的工作大概就是洗碗了。我總是在收拾整理後，趁著手上還有些洗碗的熱氣，打開廚房的小窗戶抽上一根菸，讓皮膚蹭蹭戶外冰涼的空氣，然後望著窗外發呆。

　　巴黎的廚房既簡陋又小得寒酸，不過外面的窗景倒是華麗得嚇人。先不管那些巴黎屋頂上美麗的煙囪風景，廚房的窗子望去，是一棟古老且荒廢已久的古蹟高樓，象牙白的牆上是華麗繁複的浮雕，有著人臉、花草做裝飾，因為荒廢的關係，爬了一些植物藤蔓，後院裡滿是雜草，有種說不上來的荒涼，窗戶還破了好幾扇。仔細地盯著那些玻璃的裂縫，好像依稀能偷窺進去華麗古老的過去。

　　我常常無聊時，便站在廚房望著對面的房子，一扇扇地望進去，總期待著說不定一不小心就讓我巧遇幾個古老的幽靈晃過。不過可惜的是，到了最後離開時，和我對望的還是只有那站在屋頂上時常來拜訪的野鴿，還有喊著無聊「啊啊啊」的烏鴉。

老屋顏窗景故事

辛永勝・楊朝景｜《老屋顏》作者

談到「窗景」，直覺是從屋內向外欣賞的畫面，而老屋顏最喜歡的窗景，卻都是由外向內看的。

巷弄裡一棟兩層樓高的透天厝，牆上一小顆一小顆的馬賽克磁磚有細細的釉彩拉絲，是四、五十年前流行的建築裝飾面材，隱約透露了房屋大略的建造年代。牆上舊式木窗前加裝蔚藍色舊鐵窗，為了防鏽上頭塗刷鮮明的油漆，透過這幾扇鐵窗上的油漆厚度，看得出主人對房子保養得宜，紮實漆上了一層又一層。鐵窗的造型，橫向鐵條是西洋樂譜上的五條線，乘載著許多音符在上頭跳動，此外還有數道鏤空圓形排列出的橫帶，組成一幅獨一無二的畫面。

這間老屋上的鐵窗花之所以觸動我們，不僅止於造型上的獨特，更因為背後那段感人的故事。

原屋主是位鐵工廠老闆，處事認真的態度對於自宅裝修自然毫不馬虎，屋內四處可見老闆精心設計的巧思，客廳地板上有房屋建造年份、兒女房中也有飽富童趣的小企鵝、龜兔賽跑圖案磨石子地板，還有兼具防盜與逃生功能的屋內鐵窗栓扣等，而屋外一扇扇音符鐵窗，也是老闆的創意發想。據說喜愛音樂的他偶然聽到一段喜歡的旋律，便將這段旋律從聽覺的享受化為視覺欣賞的鐵窗，而鏤空的圓形橫版，則來自工廠裡壓模後的剩料，一幅結合了老闆喜好與工作的鐵窗就此誕生。後來老闆兒子繼承了這棟房屋，並將房屋出租給現在的女主人——黎媽。

氣質高雅的黎媽是一位音樂老師，回憶起當時看屋的

情景，對於音符的敏銳讓她一看到房子便哼唱出鐵窗上的旋律，此舉令現任屋主十分感動，興奮的直說黎媽是第一個將這旋律唱出來的人！原來他只知道鐵窗上的是父親最喜愛的音樂，卻因不曾學習音樂而不知其曲調。如此的因緣際會，屋主懇請黎媽將房子租下，擁有浪漫情懷的黎媽也一口答應，並承諾既然老屋主喜歡音樂，她便會讓此處隨時充滿樂聲，除了在裡面經常與不同的音樂家合奏，也在屋外掛了好幾串風鈴，讓自然吹過的微風帶來清脆的輕響，如此至今。這段過程，也成為老屋顏最津津樂道的窗景故事之一。

風鈴在四季的窗緣輕響

何敬堯｜妖怪小說家

我喜愛風鈴。

在寫作的窗緣，不經意一陣微風襲來，耳畔清脆響著細微而嘹亮的嗓音，彷彿是在訴說著什麼祕密。

噹噹。

玎玎。

我聆聽到了那些來自遠方的祕密，心有靈犀，便將那些隱晦的訊息以文字寫成一篇又一篇的奇妙故事。

透明如蟬翼的玻璃風鈴，是我幾年前旅行到日本的北海道小樽，在一家小店買下。小樽是運河之城，素以硝子工藝聞名遐邇，而「硝子」即是玻璃之意。

跨過了一座石橋，沿街皆是販賣玻璃工藝品的攤販、店鋪，晶瑩閃亮的杯具、碗盤、玲瓏玩偶，或者是雕成音樂箱的七彩盒子，每一個都是精雕細琢、巧奪天工，宣示著小樽與西洋交融的城市過往歷史，恰如玻璃般晶瑩剔透。

這時，我意外踅進了一條小巷，遊客漸稀，驀然遠方傳來一種魔幻又讓人著迷的音符。我閉起眼睛，想辨認這是什麼聲音。

「噹～噹～」清亮的節奏琅琅琤琤，順著夜晚的涼風飄入我的冥想。

拾步而去，一串一串的風鈴懸掛在日式瓦簷下，清亮交擊著叮叮咚咚的神奇節奏，我不禁駐足停留了許久許久，我聽得癡迷了……最後，我選了一個繪上煙火圖樣的風鈴，帶回了臺中家裡的書房。

　　寫作的日子裡，來自日本小樽的風鈴，時不時會帶來異樣的音符，彷彿告訴我一些悲傷或者喜悅的故事。偶爾出門旅行，我會注意沿途有沒有什麼造型美麗的風鈴，也將它們帶回家中，繫於窗邊。

　　有一個來自宜蘭的釉藍風鈴，沒有掛紙，我便裁剪下某個出版品的廣告頁面中，有一幅游魚的圖片。我將那隻青魚圖片作為了風鈴的掛紙。只要風鈴浮動，青魚也彷彿徜徉於風中，傳來清澈沁涼的嘩嘩水聲。

　　清風從東方的中央山脈前來，拂過了臺中盆地，游進了位於大肚山腰的我的住所——偶爾風狂聲急，偶爾柔風輕音，或者是與夏蟬合鳴，在雨聲裡夾入了銀鈴的婉轉，秋風承載著遠方的故事，抵達我的窗畔，意外地搖響了風鈴。

　　凝聽著窗邊的鈴響，彷彿是一座無邊無垠的宇宙，只要讓想像力乘風飛起；我在四季的鈴聲下寫作，我在鈴聲下盡情地幻想，夢見了夢裡的夢境……

　　抬眼凝望，窗邊的玻璃風鈴正閃耀著神祕的光芒。

從車窗向外望

楊子葆｜城市觀察家·紅酒名家

　　現代漢語習慣性地使用「窗戶」這個詞，但「窗」與「戶」原本指涉的，其實是迥然不同的建築元素。「戶」本意是「門」，門是進出的通道，代表著實體的移動，以及內外直接的互動；但窗只提供光線與視線穿透的機會，是一種「遠距式」的間接接觸，沒有那麼具象，卻因此提供了更多可能的想像。

　　而我覺得最美的窗景，是從移動的公共交通工具車窗向外看。我們待在有限但依然公共的旅行空間裡，卻望向更大而彷彿無限的公共空間，視線隨著自由意志而移轉，同時也隨著車輛動線而流轉，可能是公車，可能是地鐵，也能是城際電車。旅人們不介入地，遠距所以「安全地」，欣賞流動的地景，以及外面世界裡那些人們的奔波活動。

　　車窗景致比家中窗景更有趣，因為它流動變化，有更多意外，更多驚喜，或者失落。因此鄭愁予一九五七年所發表的小詩《小站之站》，總能觸動我：

> 兩列車相遇於一小站，
> 是夜央後四時
> 兩列車的兩列小窗有許多是對著的
> 偶有人落下百頁扉，⋯⋯
> 會不會有兩個人同落小窗相對
> 啊，竟是久違的童侶
> 在同向黎明而反向的路上碰到了
> 但是，風雨隔絕的十二月

葡萄牙里斯本地鐵的車窗景致。

臘末的夜寒深重
而且，
這年代一如旅人的夢是無驚喜的

　　其實，旅人的夢仍有驚喜，或者失落，如同旅人車窗外的景致。無論如何，我們得先走出門，搭上公共運輸工具，找一扇最適合的車窗，如果有必要，「落下百頁扉」，然後帶著期待靜靜地張望。

CONTENTS

4　窗內，窗外，有他們的故事，也有我自己的……
王春子 | 辛永勝、楊朝景 | 何敬堯 | 楊子葆

16　世界窗景
WINDOWS ON THE WORLD by Matteo Pericoli

18　奧罕・帕慕克 | 伊斯坦堡 | 土耳其
ORHAN PAMUK and Istanbul, Turkey

20　艾加・凱磊 | 特拉維夫 | 以色列
ETGAR KERET and Tel Aviv, Israel

23　珠瑪娜・哈達德 | 朱尼耶 | 黎巴嫩
JOUMANA HADDAD and Jounieh, Lebanon

27　亞拉・阿斯萬尼 | 開羅 | 埃及
ALAA AL ASWANY and Cairo, Egypt

30　齊瑪曼達・恩戈濟・阿迪琦耶 | 拉哥斯 | 奈及利亞
CHIMAMANDA NGOZI ADICHIE and Lagos, Nigeria

33　羅第米・巴巴頓德 | 伊巴丹 | 奈及利亞
ROTIMI BABATUNDE and Ibadan, Nigeria

36　賓亞凡加・瓦奈那 | 奈洛比 | 肯亞
BINYAVANGA WAINAINA and Nairobi, Kenya

39　努魯丁・法拉赫 | 摩加迪休 | 索馬利亞
NURUDDIN FARAH and Mogadishu, Somalia

42　羅莉・庫布茲爾 | 馬哈拉佩 | 波札那
LAURI KUBUITSILE and Mahalapye, Botswana

44　娜汀・葛蒂瑪 | 約翰尼斯堡 | 南非
NADINE GORDIMER and Johannesburg, South Africa

46　莉狄亞・迪姆柯斯夫斯卡｜史高比耶｜馬其頓共和國
LIDIJA DIMKOVSKA and Skopje, Macedonia

48　露潔塔・勒沙那庫｜克魯亞｜阿爾巴尼亞
LULJETA LLESHANAKU and Kruja, Albania

50　泰耶・茜拉絲｜羅馬｜義大利
TAIYE SELASI and Rome, Italy

52　提姆・帕克斯｜米蘭｜義大利
TIM PARKS and Milan, Italy

54　丹尼爾・凱曼｜柏林｜德國
DANIEL KEHLMANN and Berlin, Germany

56　克莉絲汀・安果｜巴黎｜法國
CHRISTINE ANGOT and Paris, France

59　瓊恩・麥格雷戈｜諾丁漢｜英國
JON McGREGOR and Nottingham, United Kingdom

62　安卓莉亞・勒維｜倫敦｜英國
ANDREA LEVY and London, United Kingdom

64　邁克・麥柯馬克｜高威｜愛爾蘭
MIKE McCORMACK and Galway, Ireland

66　蕾拉・阿布列拉｜亞伯丁｜英國
LEILA ABOULELA and Aberdeen, United Kingdom

68　安德里・斯奈・德納森｜雷克雅維克｜冰島
ANDRI SNÆR MAGNASON and Reykjavik, Iceland

71　卡爾・奧維・克瑙斯加德｜格蘭明哲布羅｜瑞典
KARL OVE KNAUSGAARD and Glemmingebro, Sweden

75　娜斯塔雅・丹妮索瓦｜聖彼得堡｜俄國
NASTYA DENISOVA and St. Petersburg, Russia

78　門都右｜烏蘭巴托｜蒙古
G. MEND-OOYO and Ulaanbaatar, Mongolia

80　哈里斯・卡里克｜伊斯蘭馬巴德｜巴基斯坦
HARRIS KHALIQUE and Islamabad, Pakistan

82　拉納・達斯古普塔｜新德里｜印度
RANA DASGUPTA and New Delhi, India

84　西川 | 北京 | 中國
　　XI CHUAN and Beijing, China

86　艾瑪・拉金 | 曼谷 | 泰國
　　EMMA LARKIN and Bangkok, Thailand

88　村上龍 | 東京 | 日本
　　RYU MURAKAMI and Tokyo, Japan

90　安卓亞・西拉塔 | 雅加達 | 印尼
　　ANDREA HIRATA and Jakarta, Indonesia

93　李察・弗蘭納根 | 布魯尼島 | 澳大利亞
　　RICHARD FLANAGAN and Bruny Island, Australia

97　凱利德溫・達薇 | 雪梨 | 澳大利亞
　　CERIDWEN DOVEY and Sydney, Australia

100　雷貝嘉・沃克 | 茂宜島 | 夏威夷 | 美國
　　REBECCA WALKER and Maui, Hawaii, United States of America

102　瑪麗娜・安迪考特 | 艾德蒙頓 | 亞伯達省 | 加拿大
　　MARINA ENDICOTT and Edmonton, Alberta, Canada

104　希拉・海蒂 | 多倫多 | 安大略省 | 加拿大
　　SHEILA HETI and Toronto, Ontario, Canada

106　艾爾默・李歐納 | 布盧姆菲爾德鎮 | 密西根 | 美國
　　ELMORE LEONARD and Bloomfield Village, Michigan,
　　United States of America

108　潔若汀・布魯克絲 | 西堤斯伯里 | 麻薩諸塞州 | 美國
　　GERALDINE BROOKS and West Tisbury, Massachusetts,
　　United States of America

110　貝瑞・約克魯 | 皇后區 | 紐約市 | 美國
　　BARRY YOURGRAU and Queens, New York, United States of America

112　泰居・柯爾 | 布魯克林 | 紐約市 | 美國
　　TEJU COLE and Brooklyn, New York, United States of America

114　萊絲莉・特諾里奧 | 紐約市 | 紐約 | 美國
　　LYSLEY TENORIO and New York City, New York,
　　United States of America

116　約翰・耶利米・沙利文 | 威明頓 | 北卡羅萊納州 | 美國
　　JOHN JEREMIAH SULLIVAN and Wilmington, North Carolina,
　　United States of America

118 伊迪薇吉‧丹蒂凱特 | 邁阿密 | 佛羅里達州 | 美國
EDWIDGE DANTICAT and Miami, Florida, United States of America

120 波義耳 | 蒙特西托 | 加州 | 美國
T. C. BOYLE and Montecito, California, United States of America

123 蜜雪兒‧亨涅曼 | 阿爾塔迪納 | 加州 | 美國
MICHELLE HUNEVEN and Altadena, California,
United States of America

127 法蘭西斯科‧高德曼 | 墨西哥市 | 墨西哥
FRANCISCO GOLDMAN and Mexico City, Mexico

131 羅德里格‧雷耶‧羅薩 | 瓜地馬拉市 | 瓜地馬拉
RODRIGO REY ROSA and Guatemala City, Guatemala

134 亞歷杭德羅‧桑布拉 | 聖地牙哥 | 智利
ALEJANDRO ZAMBRA and Santiago, Chile

136 塔蒂阿娜‧薩琳‧列維 | 里約熱內盧 | 巴西
TATIANA SALEM LEVY and Rio de Janeiro, Brazil

138 丹尼爾‧加雷拉 | 阿雷格里港（愉港）| 巴西
DANIEL GALERA and Porto Alegre, Brazil

140 瑪利亞‧兒玉 | 布宜諾斯艾利斯 | 阿根廷
MARIA KODAMA and Buenos Aires, Argentina

142 謝辭
ACKNOWLEDGMENTS

世界窗景

馬帝歐‧佩里柯利

　　打從我在紐約上西區公寓的窗前駐足，心有所感的那天起，轉眼十年了。當時內人和我正要搬出那一房一廳的公寓，我心頭湧上一股渴望，想把那幅窗景捲起來一併帶走。那景致我觀看了七年，日復一日，窗外那些樓宇錯落排列，深印我腦海。不知不覺中，那幅窗景成了我對那城市最熟悉的印象。它成了我的一部分，可是我將從此與它揮別。

　　要密切留意已融入日常生活之中的事物並不容易。「它們明天還是會在那裡。」往往要等到即將失去，或者已經失去，才赫然明白它們的重要。我納悶的是，我怎麼會沒有多加留意窗外的景色。這疏忽讓我不禁尋思，我們如何體驗與感知窗外的一切。說到底不外是，我們如何體驗與感知生活。

　　對我來說，窗口和窗景就像某種「重啟按鈕」。好比眼睛累了會眨一眨一樣，每當我想讓腦袋放空、思緒停頓，我會默默地任目光穿透玻璃，在窗外游移，不加分析，不有意識地解讀。我的雙眼單純只是瞥向某個景致，並沒有真的盯著什麼看，而下意識裡對於那景致的熟稔——尋常的屋頂、著名的飾板、附近的中庭，遠方的山丘，反倒可以讓我分心恍神。我不經意地望穿一片玻璃，這玻璃把我和世界連接起來，也把我和世界分隔開來。

　　因此，二〇〇四年那天，我總算仔細打量那幅窗景。我甚至試圖拍照，但很快便發覺拍照行不通。照片無法傳達我眼中的風景，單純僅呈現窗外景物。於是我取來鉛筆和粉蠟

筆，把窗景畫在一大張包裝用的牛皮紙上，窗框等一切都畫進來，並且頭一次注意到，我觀看了那麼久的風景裡蘊藏著那麼多的事物，而之前我竟渾然不察，它們都躲哪去了？

　　打從那時起，我花了好多年的時間素描一幅幅窗景。在二〇〇四年至二〇〇八年之間，為了一本以紐約市為題的書進行研究時，我發現作家通常和我有類似的處境：在書桌前一坐就是數小時，所以他們若不是把書桌擺在靠窗的位置，盡可能飽覽風景，就是刻意避開窗景。當我邀請作家們以文字描述他們的窗景，奇妙的事情發生了：我在素描裡捕捉到的元素，都由他們的文字補足了（或者甚至是補強了）。

　　這就是二〇一〇年起在《紐約時報》發表以及後續刊在《巴黎每日評論》裡的「世界窗景」系列的發想與初衷：描繪全世界作家的窗景，並附上他們的一段文字——線條和文字透過有形的觀看角度結合在一起。本書裡的五十幅素描（有些從未發表過），每一幅都提供了一座觀景臺，也可以說是一個「視野」，讓你在五十趟的環遊世界行旅中歇息和沉思。

　　經過這些年，我終於學會在窗前停留更久一點，也往往會思索著，假使我擁有那些窗景，我會有什麼感受。它們會如何影響我？如果我天天看著那些樓宇或樹木或船隻經過，我會有所不同嗎？我慢慢體會到，一扇窗終究不僅僅是與外在世界接觸或分隔的界面，它也是一面鏡子，映照出我們向內的凝視，投射回到我們自身的生活。

奧罕‧帕慕克

伊斯坦堡，土耳其

　　我寫作時大半時間都在構思下一個句子。我的腦袋忙著形成字句之際，我的視線會不經意地從紙頁和墨水筆尖移開。過去十五年來，我從伊斯坦堡住家的窗戶望出去，看到的就是這幅景致。左邊是亞洲，中間是博斯普魯斯海峽，開口向著馬爾馬拉海，以及五十八年來我每年夏天都會造訪的島嶼。右邊通往金角灣和伊斯坦堡居民口中的舊城，鄂圖曼帝國在此定都四百年，城區裡有托普卡匹皇宮、聖索菲亞大教堂、蘇丹艾哈邁德清真寺。

　　有時候我會自豪地說，我的歷史小說《我的名字叫紅》 My Name is Red，故事場景就設定在我放眼可及的地方。好奇的賓客和來訪的記者老愛問：「有這麼美妙的風景，你不會分心嗎？」我總答說，不會。其實，我部分的心思總忙著徜徉在那風景裡，隨著海鷗翱翔、樹梢搖擺和光影游移，跟著船隻出海，以確認這世界總在那裡，始終迷人有趣，永遠挑戰著你去書寫它：一種讓寫作者繼續寫下去，讀者繼續讀下去的篤定感。

著有八部小說、一部自傳，以及三本紀實文學
他的著作被譯成五十餘種語言
帕慕克是二〇〇六年諾貝爾文學獎得主
二〇一二年他在出生並定居的伊斯坦堡打造了純真博物館

2010

艾加·凱磊

特拉維夫，以色列

我待過最棒的寫作地點是在麥道爾藝術村。我在那裡的工作室周圍環繞著美麗的雪白森林，望向窗外時，我時常能看到鹿。住在那裡的期間，有位朋友來找我。黃湯下肚後，他問我：「你周遭有這麼多美景，可是從你電腦擺的方位來看，我發現你寫作的時候只看到廁所，這是為什麼？」

答案很簡單。我寫東西的時候，只看到故事裡的風景。等到我擱筆，才看得到真實的風景。在我家，我寫作的空間向來是我們公寓裡最糟糕的地點，唯有忙著寫東西的人才能忍受的地方。就目前來說，那是擺在起居室和廚房之間的一張金屬製小桌子。我停下筆的時候，才會注意到路的另一側有一棵美麗的大樹，據說是六十年前以色列一群最優秀的兒童詩人種的，還有我和兒子當天稍早前在陽臺上玩樂留下的一團亂，不過這也只是一時片刻；大部分的時間我只看到我的故事，而這些通常比陽臺地板更凌亂。

新作《美好的七年》*The Seven Good Years* 將在二〇一五年
由河源出版社（Riverhead）出版

2012

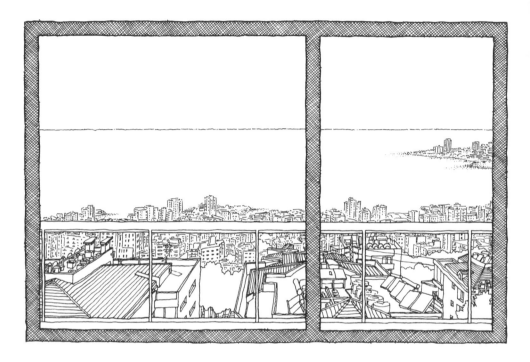

2014

珠瑪娜·哈達德

　　起初，那裡有大海；沒將小女孩淹沒吞噬的大海；徹底拯救她，並向她彰顯「自由」的意義的大海；她在成長過程中從未體會過這字眼，而且她用一輩子時間學著一次次緊緊抓住它；這字眼教會她夢想、吶喊，在她心裡，也在紙上；這字眼，如今以阿拉伯文刺青，紋在她蛻變而成的女人的右臂上；每當她失足跌倒，這字眼幫她站起來；自由會在旅途的盡頭等著她，彷彿閃著微光、永無終止的探索。

　　沒錯，起初那裡有大海。在幾乎給不起她良好教育的貧苦家庭出生、成長的這個小女孩，在被戰爭踐踏的貝魯特，只能從一處貧民窟裡的小公寓陽臺瞥見大海。她得爬上一把塑膠椅，才能真的看到海，不過她以前確實就這麼做，頑固、無懼，更重要的是，帶著渴望。在她眼裡，大海是映著更美好未來的一扇窗，看著大海，她跟自己承諾，有一天，她的生活將會不一樣，她的雙親也會過得不一樣；有一天，當她醒來，打開臥房窗簾，會有一整片海洋映入眼簾，敞開懷抱迎接她深情的凝視。她盡一切力量兌現了這個承諾，無非是為了從前那個無助受困，經常在腦裡飛越地中海的小珠瑪娜。「大海啊大海，有一天我會擁有你。」她在心裡反覆這麼說，當外頭的義勇軍發起一波波抵抗，當她內心的抗爭遭

優秀的黎巴嫩作家兼新聞記者，傑出的女權運動者
長年致力於文化及社會改革
於二〇一四年三月入選全球百大最具影響力的阿拉伯女性
近年作品有《我殺了雪赫拉莎德：一位憤怒的阿拉伯女子的自白》
I Killed Scheherazade，confessions of an angry Arab woman
以及《超人是阿拉伯人》*Superman is an Arab*
均可在亞馬遜網路書店訂購

遇一波波挫折……

　　而今，三十多年過去了，她在夢寐以求且歷經長久奮鬥得來的房子裡憑窗而望，朱尼耶的藍色海岸在她眼前一展無遺，她終於懂得：大海，就像她向來所渴望的自由，從來都不能被擁有。

　　她學到，如果你夠幸運，大海和自由將會擁有你。

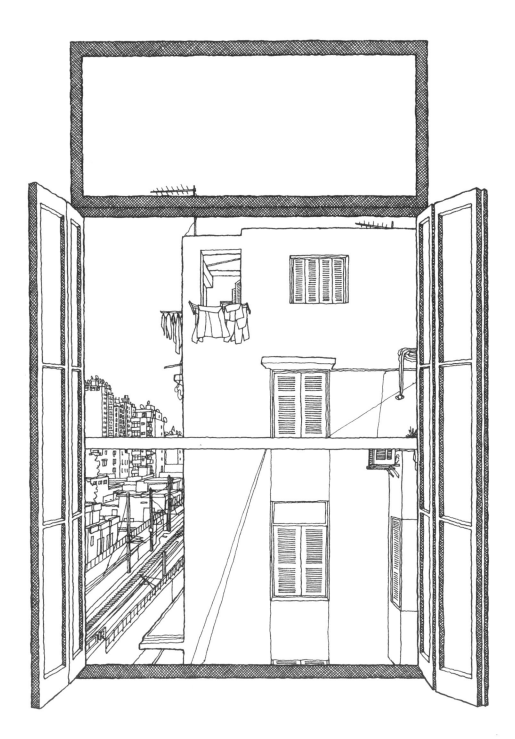

2011

亞拉·阿斯萬尼

開羅，埃及

我打開窗，開羅市中心的這棟樓背對著我。

住在城裡勞工階層街區的人，不會因為貧窮而感到丟臉。從窗口看出去的這棟樓房裡，我反而看到了他們對抗貧困的勇氣。這裡的居民多半是生意人和公務員。從前有一段時期，他們收入充裕，過得舒適，但艱困時局像一陣大浪突然襲來，淹沒了一切。

那棟樓一樓的窗戶原本鑲著裝飾玻璃，破了之後修過不只一次。最後一次，屋主為了省錢，安上了一塊木板。

在富足的年代，那一家子會坐在藤椅上，在露天的門廊納涼休憩，度過愉快的夜晚。那些藤椅現在都壞了，當父親的沒錢買一組新的，但他還是把快解體的椅子靠著牆擺在入口內。另一個夢延宕，不可能實現了。附近的牆上本來有個開口，是為了安裝冷氣機預留的。屋主也把那開口封了起來，漆上油漆，他深知永遠買不起冷氣機。

這風景裡最美的事物，是晾在二樓曬衣繩上的家居便服。這些衣服很樸素，但它們的主人不輕言放棄。上身和袖子加了簡單的設計……穿起來肯定更好看……我由衷讚嘆的，是這種面對貧苦毫不屈服的骨氣。貧苦很不幸，但不屈服的骨氣展現了某種高尚。我只要打開窗看著這棟樓，心頭

生於一九五七年，執業牙醫，
著有暢銷小說《亞庫班公寓》The Yacoubian Building
《芝加哥》Chicago 以及短篇小說集《友善之火》Friendly Fire
目前定居開羅

就會湧上一股強烈的慈悲。

　　貧困躡足爬行，從無停歇，也從不寬貸，然而我看見許多透著人性光輝的事。有個少年郎寫了第一封情書，怕被他媽看見，藏在化學課本裡。有個少女，反鎖在臥房內，裸著身子在鏡子前跳舞。年輕戀人在屋頂的陰暗處急切熱吻。新婚頭幾夜的笨拙交歡。小寶寶哇哇墜地的哭嚎，枯槁的老人斷氣前最後一次的顫抖嗓音。

　　不管場景如何多變，所有的窗口傳遞出來的，無非是浮世人生。（本段文字原文為阿拉伯文，此處係依據 Geoff D. Porter 的英譯文所譯。）

齊瑪曼達‧恩戈濟‧阿迪琦耶

拉哥斯，奈及利亞

　　寫作寫得不順時，我會做兩件事，把文句誘引回來：讀幾頁我喜愛的書，或者觀看世界。當我待在奈及利亞拉哥斯港城的家裡，看到的就是這幅景象。再平常不過的景象，家家戶戶靠得很近，車子擠進轉角，每一輛都緊貼著大門口，街道上報攤星羅棋布。然而這景象也充斥著故事，因為這裡頭充滿了人。我看著他們，想像他們的生活，替他們編造夢想。

　　時髦的年輕女子在隔壁的貨攤賣電話卡，豪薩族男孩推著手推車兜售塑膠瓶裝水。報童抱著一疊報紙，吹著號角，眼巴巴望向走廊。在早晨賣豆子的婦人頭頂著一口大鍋子四處走動，不時朗聲叫賣。街角的技工會跟婦人買豆子，他們經常相互推擠，通常打赤膊，中午過後偶爾會在陰涼處打盹。

　　我會拉長耳朵聽他們交談。一回，我看見兩名技工在盛怒之下大打出手，但一下就結束了。另一回，我看見一對情侶手牽手走過，這情景很稀罕。又有一回，一位身穿藍色校服，綁著整潔辮子的女孩，抬眼看到我，對我這十足的陌生人說：「早安，女士。」同時以約魯巴的傳統方式行屈膝禮，令我開心不已。這扇窗的金屬框——防賊用的，我們都這麼說——有時讓街景彷彿有缺口的拼圖，等著被拼成一幅完整圖像。

生於奈及利亞，著有《紫扶桑》*Purple Hibiscus*
《半輪黃日》*Half of a Yellow Sun*
《你脖子上的東西》*The Thing Around Your Neck* 和
《美國史跡》*Americanah*
《美國史跡》二〇一三年「美國國家書評獎」
　及「中心地帶文學獎」

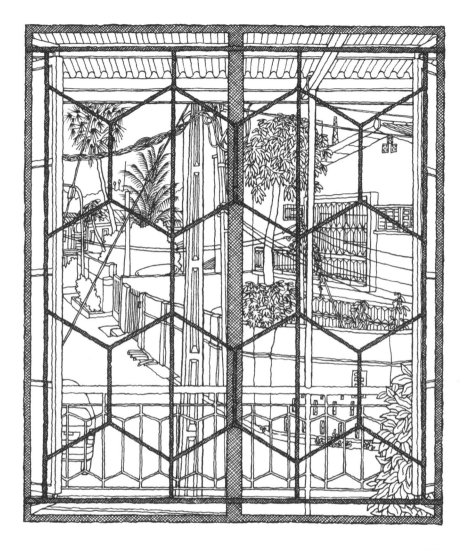

2010

2013

羅第米·巴巴頓德

伊巴丹，奈及利亞

隔著窗子俯瞰我書桌的綠巨人肯定是對我手下留情，因為至今它們還是很克制地沒砸碎我的頭。

殖民時期的小說會來一段野蠻人——不管高尚與否——在天篷下徹夜擊鼓的情節，全球新聞頻道會報導從矮樹叢下現身的兒童兵或難民。不論如何，此情此景呼應著人活著根本上的乏味無聊，從沒有什麼戲劇性的事情發生，除了松鼠膽大地從一根樹枝跳到另一根搖晃的樹枝，伸出爪子矯捷地朝空擒住倒楣的獵物，以及很偶爾的情況，當我的綠巨人之一倒下，震動大地，發出雷霆般的聲音，向天地發送訃告。

以這翠綠背景為襯底的，僅是一臺故障的發電機和兩個水缸，發出粗嘎聲，讓人想起國家當前的艱難處境。

也許這些大樹以花為暗語，在推特上發送鳥兒遷徙的訊息，或者和在樹幹上攀爬的動物是臉友。說不定基於某個古怪的理由，它們同仇敵愾對抗著洛杉磯湖人，或者，暗地裡力挺北倫敦槍手，誰曉得呢？它們會不會夢想著有朝一日在無人的小巷裡遛狗？這些事沒人說得準，就像沒人能打包票說，這些樹木會繼續對我手下留情，因為這些巨人就是一直站在那裡，威嚴而沉默。

在非洲人口最稠密的城市擴張地之中逐漸消失的雨林—

著有《孟買的共和國》Bombay's Republic
這部小說讓他榮獲二〇一二年非洲堅尼文學獎
定居於奈及利亞的伊巴丹

隅，坐在我的書桌後方，而這書桌可能是盯著它看的那些大樹的先人之一，我由衷感激周遭的沉默大樹。

賓亞凡加‧瓦奈那

奈洛比，肯亞

　　過去一年我住在奈洛比靠近納岡森林的這個狹促小屋裡。在國外度過多年冬天後，我發現自己無法待在室內工作。六、七月的奈洛比蠻冷的，但我工作時不喜歡被房屋囚困住。我喜歡像套頭毛衣般麻麻刺刺的夜聲和林聲，喜歡冽風的嚙咬，以及遠方車聲和音響。有時候我會闔上眼，跟著腦中鮮明的零碎片段猛撞我太陽穴的感覺揮動胳膊。這些片段幾乎總是已然形諸文字的心境，轉瞬生滅。當這些片段形成某個人物或可能的故事線，我的手指開始猛烈敲打鍵盤。如果我停下來，整個世界就會崩潰。如果片段充斥的世界崩潰，我就會停下來。然後日子一天天過，有時心情會壞上好幾週，直到一股衝勁又回來。打網球很有幫助，發酵的小米粥也是。還有我的愛人。

出生於肯亞的納庫魯，《kwani？》雜誌的創辦人
著有回憶錄《有朝一日我將書寫這地方》*One Day I Will Write About This Place*
《紐約時報》二〇一一年最受注目好書
入選《時代雜誌》二〇一四年全球百大最具影響力的人物

2012

2011

努魯丁·法拉赫

摩加迪休，索馬利亞

　　我通常住在一個地方，書寫另一個迥然不同的地方。我的第一部小說是在印度求學時寫的，書寫最新一部小說期間，我經常往返於英格蘭的新堡、明尼亞波里斯和開普敦之間。這很適合像我這樣活在自己腦中甚於周遭有形世界的寫作者，我根據記憶寫作，而我對索馬利亞——我小說場景的所在地——的知識以及我的想像力，則豐富了我的記憶。

　　下筆之前，我先到摩加迪休做研究，然後在作品出版前重返當地。在這段期間，城裡居民的態度、穿著，甚至飲食習慣都有所改變，端看這國家政治傾軋的局勢而定。

　　在晴朗的天氣裡，從各個制高點都可以飽覽這座美得令人屏息的城市。縱使如此，我也注意到它被戰爭蹂躪、空前未有地破敗；幾乎每棟建築都被子彈打得坑坑疤疤，很多住家傾倒、塌陷。

　　只要從高樓的屋頂眺望，你都可以看見巴卡拉市集，那裡是最近一次衣索比亞占領期間的反抗中心；迷宮般的防禦工事依然是好戰的伊斯蘭組織青年黨的作戰中心。山坡下是五星級阿魯巴飯店半毀的塔樓，這飯店已不再營業。這會兒你置身於哈馬韋恩和尚加尼地區，城裡最古老的兩個街區，在摩加迪休躋身國際大都會，在非洲這塊土地上脫穎而出的

一九四五年出生於拜多亞，該城目前乃索馬利亞所屬
成長於卡拉佛，其屬於衣索比亞轄下的歐加登地區
目前正著手進行新的三部曲，總書名為《傾頹》The Collapse
他的第一本書《連環》Links，由河源出版社於二〇〇四年出版
第二本書《結》Knots，由河源出版社於二〇〇七年出版
三部曲的完結篇是《骷髏》Crossbones，由河源出版社於二〇一一年出版
該書入圍赫斯頓／懷特獎的決選名單
他最近一本小說《顯不易見》Hiding in Plain Sight
由河源出版社於二〇一四年出版

年代，這裡曾經有金子和羅望子市集。

　　所以我在摩加迪休看到什麼？我看到年少時住過的那個老城。隨而我把昔日的和平榮景疊印在當前粗鄙的現實上，在這粗鄙的現實裡，這城市已經面目難辨。

羅莉·庫布茲爾

馬哈拉佩，波札那

　　我在庭院中與主屋分開的書房寫作。我的窗面向一小片草地，草地上放置了鳥兒戲水盆和餵食器。我花不少時間盯著來到小小鳥屋的訪客看。鳥跟人一樣，獨一無二。在走運的日子裡，會有小蒼鷹——一種食雀鷹——來造訪。牠一現身，其他鳥兒都害怕得飛走了，可是牠卻是所有鳥兒當中最容易受驚嚇的一個。牠非常想戲水，但大半的時間卻都在偵查天空，防備敵人。或者，會有一對家八哥來，牠們倆是我們這一帶的惡霸，天不怕地不怕。有時候會有一群安哥拉藍飾雀路過，客氣又隨和，但總是來去匆匆，沒辦法閒晃久一點。或者，有時會出現笨拙的海角鳩，一隻在喝水，另一半就在樹上看守著。我最喜歡一群歡樂的燕八哥，總愛嬉鬧著潑濺水花，離開時一定全身濕漉漉的。當我要尋覓對的字眼或句子或情節轉折，觀看鳥兒很讓人放鬆。我想，就很多方面來說，鳥兒和我們沒有那麼大的不同。

住在波札那的得獎作家，為兒童和成人寫了無數的作品
兩度贏得非洲最主要的兒童文學獎，金樹獎
並且入圍二〇一一年肯因非洲文學獎決選名單

2014

娜汀·葛蒂瑪

約翰尼斯堡，南非

從我的窗看出去是我的叢林。

樹蕨、海芋、茂密的羅勒，還有俗稱「蓬萊蕉」的植物的碩大葉片剪影，交織成一片墨綠，全都生長過剩。四棵緬梔樹有著纖細的灰色枝幹，樹葉繁茂，一枝枝素雅的花正盛開，很像擺在叢林裡的一扇拉開的屏風。

我的書桌背對著窗，在窗的左邊。坐在書桌前，我面對著一堵空白牆壁。寫作的時候，我人雖在約翰尼斯堡的家，不過就如每個寫小說的人都懂的，意識和感官交融一氣，處在故事發生的任何其他地方。我想到兩位好友蒙格尼·瓦歷·瑟羅特（Mongane Wally Serote）和阿默斯·奧茲（Amos Oz）的例子，雖然他們的情況不同。實施種族隔離期間，瑟羅特在單獨監禁的牢房裡寫詩，他眼前的風景絕非監牢牆壁；奧茲則在自家裡幾分像地窖的地方，寫出啟迪人心的小說，勾勒在中東政治、歷史和心靈狀態下的以色列。

我不認為小說家需要有窗景的房間。他或她眼中所見的，是寫作者賦予生命的人物的出身背景、周遭環境和個人境遇。小說人物經驗到、看到什麼，寫作者便經驗到、看到什麼。

我們不需要風景；我們全然沉浸在小說人物的所見與所思之中。

南非作家，政治活躍分子，以及一九九一年諾貝爾文學獎得主
她積極提倡反種族隔離的理念（有幾本著作被南非政府所禁）
道德和種族議題明顯反映在她的作品裡
除了諾貝爾獎，她也榮獲一九七四年布克獎、法國榮譽軍團勳章等諸多獎項
入選美國人文與科學院榮譽會員、英國皇家文學學會成員、南非作家總會的成員
並獲得法國人文藝術最高勳章

2011

莉狄亞‧迪姆柯斯夫斯卡

史高比耶，馬其頓共和國

　　這扇窗伴我度過童年尾聲和整個年少時光。我在這幅窗景前開始寫作，而且總是坐在一張低矮的小桌子前，現在依然如此。以前會用打字機，現在則是用筆記型電腦，但我最喜歡在畫線的小筆記本上寫東西。

　　我經常望向窗外，所以對這風景很熟悉。一對兄弟和家人以及老母親一同住在那棟樓，老母親很嬌小，總是一身黑，常對著孫子們吼，動不動就打孫子，或追著他們跑。小孩子也常常大聲嚷嚷，嘈雜聲迴盪在空氣裡，直到他們的爸媽下班回家才停止。後來我發現，老母親被他們從一樓換到地下室住，最後在那裡過世。她的一個媳婦是塞爾維亞人；一回這個塞爾維亞女人差我和幾個朋友跑腿，替她到店裡買一瓶很特別的 Fructal 牌柳橙汁。她請我們喝，那是我生平第一次喝這款我們家買不起的果汁。

　　那棟樓的屋頂總在我的視野內。晨間會有隻鸛鳥棲在屋頂的煙囪上，透過我的窗戶凝望。我們四目相對，了解彼此。牠是我的天空，我是牠地上的朋友。我怎能不寫作。

一九七一年生於馬其頓的史高比耶
詩人、小說家兼翻譯家
二〇一三年歐盟文學獎得主
目前定居斯洛維尼亞

2013

露潔塔 · 勒沙那庫

克魯亞，阿爾巴尼亞

　　我偏好在克魯亞兒時住家的臥房內寫作。窗前的院子裡有著老式生活的痕跡：吊著晾乾的床單；俗稱 magrips 的陶甕，那是有六十年歷史的老東西，祖父曾經用來裝橄欖油，如今甕頸被切斷，充當花瓶用；曾經圍著番茄圃的坍塌牆籬；俗稱 lambik 的淨水器，在沒有自來水的年代，幹活兒後取水洗手的器具。還有很多消逝的人事物歷歷在目：我和姊姊常在美妙的夏日早晨爬上後來被砍掉的李子樹；媽媽下班後筋疲力盡之餘，大嗓門依舊；會招惹昆蟲但也帶來美味桑葚糖漿——俗稱 pegmez——的桑葚樹；過節前塗上鳥膠的門檻；親戚們曾經在院子裡進進出出的身影和身姿。

　　在這逃不開的熟悉舞臺上，我可以聚焦於單一有限情境的深長淵遠。就我來説，自由創作不見得要追逐新風景。這環境把我帶向某個明白無誤的東西，這也是某種自由。

詩人，三本詩集以英文出版
其他多本詩集以阿爾巴尼亞和其他語言出版

2013

泰耶·茜拉絲

羅馬，義大利

　　今年夏天，我首度以義大利文寫了一篇文章，探討這「永恆之都」為什麼吸引這麼多遠走他鄉的作家。我用有限的義大利文，歸結出三點──它的美麗、溫暖和樸實──當我凝視著這景致，腦裡浮現的就是這些字眼。當夕陽漸漸滑落賈尼柯洛山鍍金的翠綠背後，我總會凝望著聖彼得大教堂的圓頂，每每令我屏息。這座古城的絕美──教堂之恢弘、樹木之濃密，建築立面的粉柔色彩、雲朵的妖嬈──從這兒盡收眼底。

　　我的手錶是特拉斯特維雷區聖母教堂頂端的那口鐘，鐘聲滲透喋喋不休的談話、車喇叭聲和笑聲交織而成的一片歡鬧喧囂裡；聽著人們歡聚作樂，你會跟著快活起來。然而最令我陶醉的是羅馬的瑕疵：海鷗嘎嘎叫、修女鬥嘴、從牆上剝落的漆彩，全都招引著你縱情玩樂。

生於倫敦，在麻州長大
耶魯大學美國研究學士，牛津大學國際關係碩士
《非洲女性的性生活》The Sex Lives of African Girls
（格蘭塔 Granta 出版社，2011）是茜拉絲的第一本小說
名列「二〇一二年美國最佳短篇小說」
她的第一部長篇小說《加納必須走下去》Ghana Must Go 於二〇一三年出版

2013

提姆·帕克斯

米蘭，義大利

　　要在喝卡布奇諾之前或之後推開窗遮板？這是嶄新的每一天我要做的頭一個決定。我必須看看外頭有沒有下雨。窗遮板的紐帶已經磨損，如果拉得太大力，板子會卡住。風景頗開闊。說好聽是「風景」。這是米蘭低下階層街區裡六〇年代蓋的樓房很常見的中庭；我的小陽臺懸掛在這棟樓的主要入口上方，從這裡可以眺望左上方的其他小陽臺，其中一些因為種有植栽、養狗、養貓或金絲雀而生氣勃勃，其他的則堆放著舊單車、嬰兒車和零星家具。中間有個手帕似的一方草坪，和一棵高大的七葉樹，仲夏時呈金黃色，入冬則枯萎，提醒我們大自然的存在。否則其他的一概是水泥、灰泥和瓦磚。不會令人不快，不會有壓迫感，也不令人興奮。（對街）有家咖啡廳，中國來的新移民開的，供應很棒的咖啡和可頌。在咖啡廳待了十分鐘後，我回屋裡開始背對著打開的窗工作，狗吠聲傳了進來，還有年輕人在陽臺上講手機的聲音，以及街上某個激動的傢伙邊走邊爆出的零星吼叫。門房掃著落葉和菸蒂，以不懈的熱情跟每個來者聊天。但我塞著耳塞，她的聲音聽起來悶悶的。十點半左右，太陽追捕到我，亮晃晃的灼熾光線揭發了我多久沒吸地板。很久很久。我皺了皺眉，把照在我正要打進電腦的這另一面窗的光線往上調整。

著有十五本小說，包括《歐洲》*Euripa*，這部小說入圍布克獎決選名單
四本備受讚譽的回憶錄，著墨義大利的當代生活；以及其他多本紀實文集
在米蘭語言與傳播自由大學修習翻譯碩士學位
翻譯過莫拉維亞、卡爾維諾、卡拉索、馬基維利等人的作品

2012

丹尼爾·凱曼

柏林，德國

　　我設法不注意那窗景。當我在書桌前，總是背對窗。當我抬頭——雖說這年頭人們已經不再從手稿抬頭，僅僅是把目光從螢幕移開——我只看見書脊沿著書架羅列。我不會看到閣樓這斜窗，不會看到柏林最主要的河——施普雷河從我後方彎過，不會看見遠處宏偉的博德博物館，尤其是，我也不會看見車子和行人川流不息的那三座橋，以及橋下朝河的上下游行駛的龐大駁船。有些駁船運貨，有些載客，隨著甲板上跳舞、喝啤酒乾杯的人群爆出音樂，雖然坐在船上的大多是拿著相機、像小學生一樣專注的觀光客。我總是在想，他們都在拍什麼。多半是拍人稱的「眼淚之宮」，也就是坐落在從前東、西柏林邊境的一棟玻璃檢查哨；如今那裡面是空的，很快會有舞廳進駐。有些人也會拍柏林室內合奏團的主場地，那裡最初是布萊希特所創立和經營的劇院；它就在我窗外的左邊，我得傾身往外探才看得到。然而最重要的東西是相機拍不到的：柏林圍牆曾經矗立的那一道隱形的線。「消失」無法被捕捉，最先進的相機也無能為力，因此觀光客只能徒勞舉起相機對著新大樓灰灰的立面，對著一排排一模一樣的窗戶按快門，而其中一扇，在靠近屋頂的高處，始終開著，窗後有個朦朧身影急速轉身，回到他的書桌前繼續工作。

一九七五年生於慕尼黑，居住於柏林和紐約
作品榮獲憨第德文學獎、克萊斯特獎、德國世界報文學獎、湯瑪斯曼獎

2010

克莉絲汀·安果

　　一看到這窗前景致，我便打定主意搬進這層公寓，我當下就想，我的書桌可以面向那花園，儘管我一坐定便不太會去注意它，況且夏天一到我會放下窗簾，免得光線刺眼，冬天時才把簾子完全拉開，好讓我看見整片天空，眺望石板屋頂，在竹葉轉黃時替竹子憂心，下雨時把椅子四腳朝天倒放，我比較關心這一切，甚於偶然瞥見的幾個在窗後的人，我經常往外瞧，總覺得我永遠看不膩搖曳生姿的樹枝，或摺疊桌的小腳，或小巧的歐石楠花，我想像著花盆裡薰衣草的香氣，並且在季節變換時，幻想著加快或減緩季節的更迭，明知那不會成真，依舊在秋天時巴望葉片高掛在枝頭上愈久愈好，在春天時巴望著這一回的春光會永遠駐足，巴望著花永不凋謝，最後，在深秋時愛上從窗下方透滲的光，因而冬天時我的視線不會高過欄杆，並試著忍受那揚言會緊盯著我是怎麼為盆栽澆水的暴躁門房的壞脾氣，憤恨他不過是喜歡教訓人，存心要破壞我的快樂。

法國小說家，短篇小說家、劇作家。

2014

2014

瓊恩·麥格雷戈

諾丁漢，英國

　　我的窗景約有一半是我住的這棟建築，很多窗戶後面住有其他勤奮的創作型人物，他們想必也望著窗外等著靈感出現。（至少我想像他們是勤奮的創作型人物，其實我一個也不認識；我們經常在樓梯間擦身而過，但不會交談。）這是一棟很美觀的建築，十九世紀中期建造的一座蕾絲工廠，當時的人深諳比例與對稱，具有特色的高窗可讓陽光透進來。窗景的另一半，則由街上來來往往的人，以及對街那排曾經很宏偉的房屋構成。這裡看到的是那些房屋的背面，工匠從前都從屋的背面出入；房屋正面朝著寬敞的綠蔭大道，不難想像有天會再繁華起來。現今不管是不是工匠，都從各個出入口進出。

　　這棟建築物的另一端裝有一臺大型的監視器，我常看見它上下左右移動和傾斜。我總納悶誰在觀看。說不定他們在寫十四行詩，正在找靈感。

　　路的盡頭有一所私立女校，早晨時很多女孩下了爸媽的車，匆忙奔進校門。她們全都由轎車送到這裡。這一帶不是那種就讀私立學校的學童會住的區域。

　　街道上的停車規定很奇特，停車管理員會騎著出租的速克達疾飆而來，一天起碼兩次。他們兩兩一組，看似很年輕，

著有《如果無人說正事》*If Nobody Speaks of Remarkable Things*
《開始的方式有很多》*So Many Ways to Begin*、《即便是狗》*Even the Dogs*
《你這種人不該碰上這種事》*This isn't the Sort of Thing That Happens to Someone Like You*
贏得貝蒂特拉斯克獎（Betty Trask Prize）和毛姆小說獎
兩度入圍布克獎長名單，二〇一〇年及二〇一一年 BBC 國家短篇小說獎第二名

樂於騎速克達討生活。他們開單動作很快，一面開單一面抬頭掃視身後建築物的很多窗口。

　　這就是我寫作的地方。顯然我不常望向窗外，經常陷在跟現在一樣的創作狂熱裡。不過，你也知道，我偶爾還是會抬頭望一望。

安卓莉亞·勒維

倫敦，英國

　　小時候我媽時常嘮叨說，我花太多時間做白日夢。那是因為我很愛盯著天空看。她認為我做夢的時候也應該做點有用的事，譬如打毛線。現在我以寫作為業，所以有做白日夢的特權，這也是工作的一部分。我還是很愛凝望著天空。從我北倫敦屋子的書房望出去，可以看見一大片天空，少了它我就沒辦法寫東西。當我抬頭凝望，腦裡的思緒從來不成條理，心思總是來來去去，像雲朵一樣幻化多變。

　　我的窗景裡有美妙的亞歷山大宮。這不是皇家宮殿，而是十九世紀的休憩中心，舉行展演和各種活動，所謂人民的宮殿，在地人暱稱為「亞歷宮」。一九三〇年代全世界首度定時的電視節目就是從那裡撥放，著名的天線依然在那裡。天線下方我可以看到當年電視臺的大門，現代電視就是源起於那裡，這念頭令我激動。這宮殿至今仍然是展演場所，偶爾會舉辦活動，但大多時候都靜靜坐落在山丘上，等著某人發掘出它在這個資訊年代的用處。

　　前景靠近我家的地方有一所學校。我很熟悉那學校的作息，熟悉到它成了我的時鐘。早上早至七點半就有學童到校，嘰嘰喳喳進到操場，像最早起的一群鳥兒。每當他們下課時間鬧哄哄一片，我就會暫時停下工作，去喝一杯茶。

　　學校坐落在一排和我這棟一樣的維多利亞式建築之中，有著雜亂的煙囪帽和電視天線。當我在一大片天空下看見那些，還有山丘上的亞歷宮，我就知道自己回到家了。

小說《小島》獲得多項獎項，《情歌》入選布克獎決選名單
定居於倫敦，且在當地工作

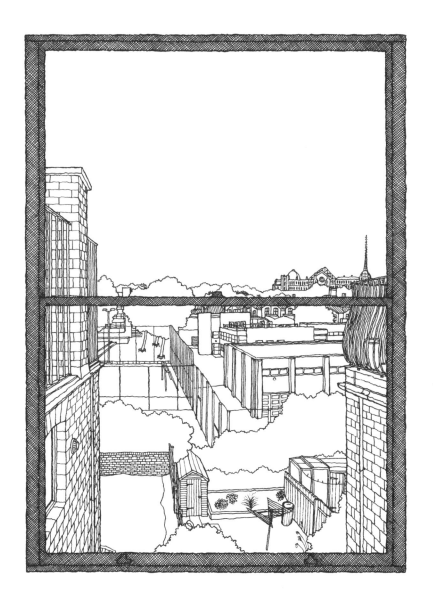

2010

邁克·麥柯馬克

高威，愛爾蘭

　　我住在高威市外緣的這棟房子超過五年了。每天，我會把腳抬到窗檯上，望著這條死路看，看個兩個鐘頭。不管我在一天當中哪個時間坐在這裡，外頭看起來總像午後。這地方恆常不變，從無喜怒起伏，永遠是那些樹和順著綠地彎曲的柏油路，沒什麼引人注目或讓人感興趣的東西。當然，正是這種靜止，會讓心靈之眼迷失其中——渦旋似的景象。有時這靜止會被一輛車，或某個小孩，或穿越綠地的流浪狗所打破。有時候一顆球會滾進這風景裡。這些都悄然生趣，但遲早會融入這地方的靜止之中。

　　今天下雨了——綿綿細雨，會一直降到入夜。那是十二月的雨，沒什麼稀奇。屋頂上方的天空裡層層疊疊的灰靄沉沉壓了下來。兩年前我們這裡頭一次下了雪，整個地方覆蓋著一層軟綿的雪白，前後將近一個月。雪為這一處的靜止添加了少許變化，有那麼一陣子，這裡看起來像別的地方。

來自愛爾蘭西部，著有兩本小說《克羅的輓歌》Crowe's Requiem
和《昏迷筆記》Notes from a Coma，以及兩本短篇小說集
《起念》Getting it in the Head 與最近的《法證之歌》Forensic Songs
他的作品被譯成數種語言

2012

蕾拉·阿布列拉

亞伯丁，英國

　　九月剛搬到這裡時，窗外的這棵樹綠意盎然。我以為自己看見了一顆臍橙懸盪在樹枝上，原來是第一簇秋葉。亞伯丁以其花崗岩建築聞名，我是在小說裡頭一次讀到煙囪，因為我在蘇丹長大，那裡不需要暖氣。我的小說都是在不同國家寫的——在杜哈、阿布達比、雅加達——不過我的第一部小說倒是在亞伯丁的另一區寫的。在雅加達，我書寫倫敦，在阿布達比，我書寫一九五〇年代的蘇丹。窗外景色從沒有潛入文章裡，因為早在每次搬遷之前，小說情節已經在蘊釀中。

　　寫作時可以抬頭看看天空，看看屋頂上綿延的風景很棒。當我寫得很順利時，會感到意義匍匐而出，爭相要化為文字的壓力，我會感到某個東西就要噴湧而出，需要被控制，或至少被引導，而能夠讓我從這騷亂中稍微喘口氣的，總是那片乾淨熟悉的天空。

　　從這扇窗，我看見樹葉乾枯，被十一月的風吹落。現在是三月，我好奇地想看看第一片綠葉。我等不及要見證新生。這樣的期盼是一種信仰。我每天訓練自己相信這棵樹會開花；我每天提醒自己，曾經凋亡的會再度重生。

成長於蘇丹，二十多歲搬到蘇格蘭
著有《情詩巷》Lyrics Alley、《尖塔》Minaret 和《譯者》The Translator

2013

安德里·斯奈·德納森

雷克雅維克，冰島

　　這是我的窗景，從我的起居室看出去就是這幅景致，而我都坐在起居室寫作。這窗景看起來不太會令人激賞。真希望我可以給出綠苔滿布的熔岩地、洶湧的海浪、有冰河的山峰的景致。我的確會在其他的地點寫作——一座廢棄的發電廠、海灣旁熱門的漁人咖啡館、北極圈的夏屋——不過這是大多數日子裡我真正看到的平實風景。這棟房子建造於一九六〇年代，當時人們看膩了熔岩和山峰；他們搬遷到發展中的市郊，自行打造新風景。年輕夫妻親自動手挖地，夢想著在這多岩狹長的不毛之島闢一座適當的花園。他們夢想著種樹、種花，還有搭建抵擋凜冽北風的家園。如此打造的每一座家園都獨一無二，各有千秋。就這裡來說，真正特別的是樹木。五十多年前他們把這些樹當作夏季花卉栽種，沒人料想到可以種得活，更別說樹蓬寬過一公尺。杜鵑花被視為奇蹟，因為它不像撐得過一個冬天的植物。它看起來熱情洋溢，開著夏威夷風情的粉紅花朵；建造這棟房子而且在半世紀之後把它賣給我的男子史庫利，對這些杜鵑花格外自豪。

　　我不是個好園丁。我們打算要買一棵蘋果樹，雖然在這種氣候下，蘋果樹不容易存活。我會把它當花來種，不會真的期待它生長，但會盼著奇蹟出現。

生於一九七三年，他的作品以超過三十種語言出版或演出
小說《星星之愛》 *LoveStar* 獲得菲利浦·K·迪克紀念獎（Philip K. Dick Award）
《藍色星星的孩子國》 *The Story of the Blue Planet*
獲得英國讀寫學會青少年小說獎（UKLA Award）
並囊括冰島文學獎的各個獎項
他與妻子和四個小孩定居雷克雅維克

2013

2014

卡爾·奧維·克瑙斯加德

格蘭明哲布羅，瑞典

我熱愛重複。我喜歡在同一地點、同一時間做同樣的事，日復一日。我熱愛如此，因為某些事會在重複之中發生：在每一個同樣的日子裡累積下來的千篇一律，遲早會開始鬆動。而寫作就是從這種時候開始的。

這窗景常讓我想到這緩慢無形的歷程。每天，我看著這同一片草坪、同一棵蘋果樹、同一棵柳樹。現在是冬天，顏色很單調，沒有樹葉，接著春天來了，花園裡會竄出綠意。即使我天天看，還是看不出變化，彷彿那些變化是在不同的時間框架裡發生，非我眼力所及，就像高頻的聲音人耳是聽不到的。隨後花朵怒放，結果纍纍，群鳥漫飛，暑熱炎炎，萬物勃發，種種榮景盛況紛來沓至，然後暴風雨來了，蘋果掉落樹下圍成一圈。之後，雪花在落地的瞬間融化，樹葉轉黃、轉硬，樹枝光禿禿，鳥兒飛走了，冬天再度降臨。

年輕時我認為西塞羅的主張十足庸俗，他認為人若有一座花園和一間圖書館，便擁有了活得快樂所需要的一切，這話說進生活沉悶的中年人的心坎裡，但和我的理想差距甚遠。這也許是我老爸多少也熱衷園藝和集郵的緣故。如今我成了沉悶的中年人，也服膺起這番論調。我不僅看見文學和花園的相通之處，都是培育未定義、無邊界之物的一方天地，

一九六八年生於挪威
其自傳體小説《我的奮鬥》My Struggle 贏得無數國際文學獎
並被譯成超過十五種語言
克瑙斯加德與妻子和三個小孩定居瑞典

而且我悉心滋養。我讀維爾納・海森堡傳記，一切都涵蓋其中，在花園、在原子、在量子跳躍、在測不準原理之中。我讀一本關於基因和 DNA 的書，一切同樣也涵蓋其中。我讀《聖經》，讀到「天起了涼風，耶和華神在園中行走，那人和他妻子聽見神的聲音。」我很喜歡「天起了涼風」這一句，它喚起我內心某個東西，在有著永恆質感的和煦夏日裡會有的一股深邃感，接著海風湧入午後，影子隨著太陽緩緩沉落天際而拉長，孩子在某處歡笑。這些都發生在天起了涼風，在人生過了一半，當人生結束，當我不復存在時，這景象依舊在。這也是我望向窗外時的感觸，並從中感到一種奇異的慰藉，我們行經這大千世界時對它萬般留意，這世界對我們卻毫不在意。

2014

娜斯塔雅‧丹妮索瓦

聖彼得堡，俄國

　　我在這裡住四個月了。在市中心。五樓。我常在夜裡望向窗外，其實這不是窗 —— 是陽臺的門。我可以看見對面那棟樓的每一扇窗。

　　從右邊的一扇窗，我看見他們習慣把裝滿垃圾的塑膠袋丟到中庭那間平房的屋頂上。其實我不曉得那是從哪扇窗丟的，我眼角餘光瞄到有袋子掉落，等我把目光移向窗戶，那些窗全關著，而且每一扇都一模一樣，除了有一扇窗的玻璃被換成綠色夾板。

　　從那棟樓左側的一扇窗，人們丟零散的垃圾。褐色的塑膠啤酒瓶，還有一大堆自製果醬的金屬瓶蓋，真不知是怎麼來的。我看見一名男子從他家廚房窗戶把這些東西往外扔，然後他傾身探出窗外往下看。他朝下看了看，邊看邊吐口水。他丟的菸蒂引燃了枯草。他吐口水吐很久。他出門去，帶回一瓶水。他把水往下倒。然後順手也把水瓶往外一丟。

　　二樓那些窗戶內是廚房和餐館後房。他們老是把紙箱扔出窗外。當紙箱堵住小後院，有人會把箱子堆放起來，然後箱子就不見了。在冬天，覆雪的成堆箱子彷彿有稜有角的龐大雪建築。如果你不知情，還說不出那些是什麼東西哩。

　　從我正對面的那扇窗後，嬉鬧的青少年扔的是光碟片。

一九八四年生於聖彼得堡
著有兩本詩集：《沒什麼》There is nothing, 2006
和《關於》On, 2010

那裡搞不好是宿舍。他們是拿光碟當飛鏢射，還是只是把光
碟往外扔？他們注意到我了嗎？有兩張光碟落到的我陽臺
上，穿過了我望著的那扇門。有人在光碟表面畫了大大的彩
蝶。（本段文字原文為俄文，此處係依據 Sophie Pinkham 的英譯文所譯。）

門都右

烏蘭巴托，蒙古

　　小時候我每天早晨都牽著我們家跛腳的馬在曙光中漫步。我父親常説：「要像馬一樣晚睡，像鳥一樣早起。」我牽著馬漫步，很高興看見鳥兒一邊啾啾叫，一邊飛越曙光之上。

　　我這輩子的每個早晨，始終循著可愛童年的節奏。我家在烏蘭巴托中心，從窗子望出去，可以看見東方微曦。就像從前要把在大草原吃草的馬群帶回家一樣，我費時在腦裡找回已經飛走的很多思緒。被窗戶橫切的生活意象均呈明暗對比。

　　我可以清楚看見最高學府國立蒙古大學，有時候它就像掛在牆上的圖畫。我的書桌擺在離窗戶幾步的地方，用蒙古松木製的。我一坐到書桌前，世界便切換到不同的空間。史書愈來愈厚，著實無暇觀看窗外。

蒙古詩人、作家和書法家
出生於蒙古達利甘加的牧人家庭
門都右定居蒙古烏蘭巴托，擔任蒙古文化與詩歌學會會長

2013

哈里斯·卡里克

伊斯蘭馬巴德，巴基斯坦

　　午後艷陽高照或傍晚陽光轉橙黃，可以直視地平線時，我會從辦公室的這扇落地窗往外看，這窗通往一座陽臺，可見更寬廣的風景。我看見宏偉的房屋，想像著奢華地住在裡頭的少數人。接著我想到要服侍他們的很多人——為他們送報紙、買菜、開車、掃地、在燥熱的廚房裡忙活的人。這些人的住處，不是隱沒在這富裕街區的簡陋棚屋，就是這些豪宅後院的壅塞角落。

　　夜幕落下之前，我可以遠眺樹梢之外，清晰瞥見薄如紙似的費薩爾清真寺白尖塔，蓋在馬加拉山山坡上的一棟優雅遼闊的建築物。看著這些尖塔，我想到我國最糟糕的獨裁者，他就葬在這清真寺的庭院裡，而我們依舊努力駕馭他釋放的兩頭野獸：無知和偏執。

　　上星期，下了幾個鐘頭的雨停了之後，我決定要走出窗外，穿越陽臺俯瞰街景。我看見一位小女孩蹲在一潭小水漥旁摺紙船。一股強烈的悲傷襲上我心頭，但悲傷之餘我又怪異地感到希望無窮。

活躍於巴基斯坦伊斯蘭馬巴德的詩人、評論家、專欄作家
其以烏都語和英語完成的主要作品有 *Ishq Ki Taqveem Mein*, 2006
《在你與所愛之間》*Between You and Your Love*, 2012
以及得獎作品 *Melay Mein*

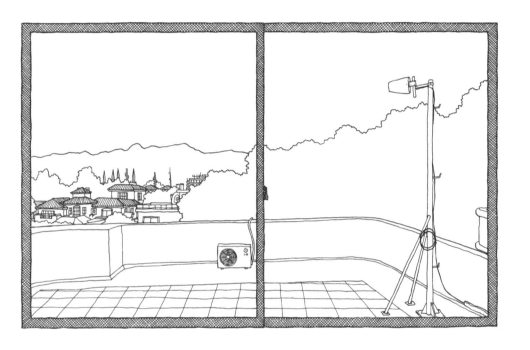

2013

拉納·達斯古普塔

新德里，印度

我慢慢了解到我不如自己以為的那麼喜歡獨處。我總會快樂地期待進書房——總算可以獨自一人寫作了！不過當門一關上，我會矛盾地感覺若有所失，彷彿我和一切斷了聯絡。難不成這就是我會花上多到不合理的時間望著窗外的原因？

德里的猖獗活力湧入我那樹葉茂盛的街道，這可是有將近兩千萬人口的城市。附近大多數的人家當初來到這裡時，都是逃出一九四七年印巴分裂慘況的難民。深嘗顛沛流離之苦，他們蓋了一排排堅固的房屋，卻還是在這城市二十一世紀經濟繁榮的熾熱之中灰飛煙滅。這幅素描裡的其中一棟房屋已經消失，無可避免地被另一大棟公寓取代。在左上方你可以看見尼赫魯體育場的鋸齒狀鋼梁，那體育場是二〇一〇年大英聯邦運動會的主場館，為了舉辦這場運動會，在城裡進行的大規模破壞和重建，讓人瞠目結舌。

街上總是活力洋溢。有個纏頭巾的年輕錫克教徒在對面陽臺上不停地踱步講手機。在這些新建築物裡幹活的新移民勞工在轉角蓋了單坡屋；他們的老婆在底樓撿拾木柴，孩子則在附近玩球。路過的菜販叫賣著。狗鬥吠。有個老人坐在太陽底下讓理髮師刮鬍子。鄰居為了停車位起口角。

不論如何，我視野正中央的那棵木棉樹永遠靜默無聲。它正養精蓄銳等待春天，屆時它那碩大、鮮紅、糖漿似的花，將放肆地落在所有東西上。

在英國出生，曾在牛津大學和威斯康辛大學就讀
著有極受好評的短篇小說集《東京航班取消》Tokyo Cancelled
該書入圍萊斯文學獎（John Llewellyn Rhys Prize）（英國）
和印度文學獎（Hutch Crossword Book Award）決選名單
小說《獨角戲》Solo 獲得二〇一〇年不列顛國協作家獎
（Commonwealth Writers' Prize）的最佳圖書
定居印度德里

2011

西川

北京，中國

這是我書房裡的三面窗之一，書房位在十五樓的一間小套房。我不知道這棟樓總共幾樓——大概有二十五樓或更多吧——我沒去過十七樓以上。

白天，如果我不必待在學校，就待在書房。書房裡堆滿了書，還有從跳蚤市場蒐集來的古玩。不太會有人來找我。我以前有個鄰居，他是一家專門架設中央暖氣的小公司經理，偶爾會來找我聊聊天，我發現他年輕時也是愛詩的人，但我很確定他沒聽過我，所以我跟他說我是國文老師，而這也是事實。

這窗面東。當我坐在書桌前面向一堵書牆寫東西，這窗在我左邊。我在一九九〇年代末買下這公寓，離我家大約步行十五分鐘，窗前的那棟大樓當時已經在那裡了，那橋也是，不過橋後面那棟樓還不存在，所以可以看見一大片市景。在一九九〇年代和二〇〇〇年代，整個北京是一座巨型工地，市景經常在改變。我一旦習慣窗外那些大樓之後，就很少再往窗外看。沒有一棵樹可以長到十五層樓高，沒有鳥會棲在我窗，我往外看，只看到車子奔馳在橋上。沒別的。

本名劉軍，中國詩人、評論家、譯者
一九六三年生於江蘇，一九八五年畢業於北京大學
現為北京中央美術學院中國古典文學教授
出版過六本詩集，包括《個人好惡》*Personal Preferences*
《夠一夢》*A Dream's Worth*，兩本散文集，兩本評論，以及很多翻譯作品
他的英文版詩集《蚊子誌》*Notes on the Mosquito*（Lucas Klein 翻譯）
於二〇一二年由新方向出版社（New Directions）出版

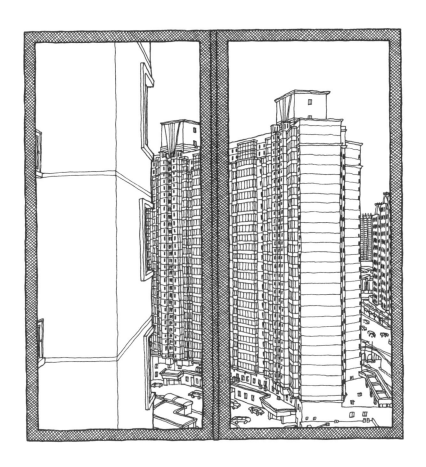

2012

艾瑪·拉金

曼谷，泰國

　　我書房的窗朝向曼谷中心的一座突兀的叢林。叢林之外的街區都被高樓大廈和市政大樓所盤據，這些大樓犧牲了庭園，改建水泥停車場，留在城中心的所有野生動物似乎都被吸引到我們的庭園來。近視的扇尾鳥會撞上窗玻璃，松鼠會啃窗遮板磨損的角，螢光綠的樹蛇在雨溝裡靜靜地做日光浴。（我的電話通訊錄有在地捕蛇人的電話，因為老鼠近來銷聲匿跡，這代表吃得好的蟒蛇在附近出沒。）

　　這裡還有另一種型態的野性。這幅素描裡右手邊那顆無花果樹是地靈公目前的棲所。在算命仙的建議下，我們搬進來不久，就把一條三色的長布條綁在樹幹上。根據泰國的民俗，定時供奉食物和花環，可以誘使地靈公一直待在屋外，不會進到屋內——這般供奉後，在這些老木屋裡飛快掠過的那些說不出是什麼的黑影和足跡，大部分（但不是全部）都不見了。

　　這景致涵蓋了野地與都市，可知與未知。它提醒我，區分事實與虛構的那條線，在泰國這裡沒那麼清晰明確，而且這兩者的交界是可以相互穿透的。在這樣的地方，故事繁茂動人。

某位美國記者的化名，在亞洲出生、長大
在倫敦大學亞非學院修習過緬甸語
她的採訪報導以曼谷為基地，廣泛涵蓋亞洲議題
她持續造訪緬甸將近十年

2012

村上龍

東京，日本

我通常在東京新宿的一棟高聳的飯店裡寫作。從我房裡的窗戶看出去，可以看見新的摩天樓和大公園。看著那棟摩天樓，我會想到來不及看到它蓋好便過世的人。每回看到它，我就想到一句老生常談：人一旦死了，就沒有新鮮事可看了。很多遊民住在那座大公園裡。藍色防水布搭起來的簡陋棲身所一簇簇地散布各處，但是從這窗你只看到綠色樹海。（本段文字原文為日文，此處係依據 Ralph McCarthy 的英譯文所譯。）

當代日本文壇裡的老頑童
著有數十本書包括《味噌湯裡》、《接近無限透明的藍》、《切膚之愛》等得獎作品

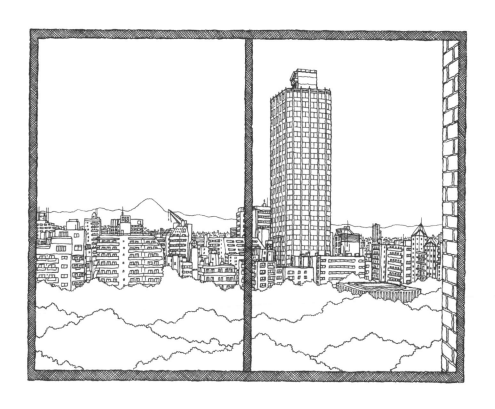

2010

安卓亞·西拉塔

雅加達，印尼

　　打從孩提時開始，我很少有權力決定住在何處。生活沒給我很多選擇。然而寫完第一本長篇小説後，我開始思考要離職，離開工作將近十二年的地方。儘管在印尼要靠寫作謀生風險很大，最後我還是辭掉工作，現在我有種解脱的奇異感受。

　　決定要專事寫作，意味著我買不起房子。一位友人好心地把他在雅加達南區，一棟三十六層樓高，住滿新婚夫妻的大樓公寓借給我使用。起初我不喜歡這個工作空間，但是窗外的風景和動靜，讓我著魔似地迷上了。從窗前的這棟樓，我可以觀看日出和日落的速度。小孩子在遊樂場玩耍、嬉笑、喊叫、哭鬧的聲音飄上了八樓，我寫作的地方。從遠處聽來，他們的聲音如此純真。

印尼作家
她的第一部長篇小説《天虹戰隊小學》The Rainbow Troops
贏得二〇一三年「紐約圖書節」最佳大眾小説
該書已被譯成二十餘國語言

2013

2011

李察‧弗蘭納根

布魯尼島，澳大利亞

　　沒法定下心寫東西時，我會望向走廊陰影之外。從我這棟位於澳大利亞洲布魯尼島——一名法國保皇主義者在法國大革命一周年以自己的名字為這座島命名——的房子，可以看見塔斯曼尼亞，人類文明在那裡生根已有一萬年之久，遠在現代人抵達法國之前。

　　窗外的左邊是個小海灣，那裡有個邊遠駐紮地，在布魯尼‧東特雷卡斯朵上岸後不到六十年，法國四十七名精神受創的生還者，被法國殖民當局遺棄，不問死活。威爾斯聽說他們的故事後，他稱此為「歐洲移民進行的殲滅戰」，寫出了《世界大戰》，在這故事裡，火星人消滅了歐洲人。

　　正前方，多斑食蜜鳥在白桉樹上嬉戲，牠們食用白桉樹的腹葉上甘甜的分泌物維生，但因全球暖化的緣故，白桉樹正在凋亡。這些迷你鳥兒的體型都不比在夜裡出沒的大蛾大，僅存的不到一千隻，不出十年大概會絕種。

　　曾經阻擋了可愛企鵝在屋下築巢的籬笆已經消失，因為最後一群企鵝在六年前離開後，就沒再回來了。沒人知道原因。那裡只剩下一扇關閉的門。

　　下方是砂岩斷崖和海灘，海灘上滿是被浪打上岸的巨藻，發出禁忌物會有的濃濃臭味。在這片海裡，鰺魚、鱈魚

他先前的五部長篇小說《一名河流響導之死》*Death of a River Guide*
《孤掌之鳴》*The Sound of One Hand Clapping*
《古爾德的魚書》*Gould's Book of Fish*
《無名恐怖分子》*The Unknown Terrorist*、《欠缺》*Wanting*——贏得無數獎項
已經在二十六個國家出版
定居塔斯曼尼亞

和刺魚之類的魚也消失了。同樣沒人能說出原因。有時候我會潛入淺礁，看看能不能給出一個說法。

　　隱藏在這風景裡的還有木匠凱爾，那四十七名生還者的後裔，表面上在釣魚，實際上大概在喝啤酒，而那太陽、光線和浪濤聲，不會磨滅的元素始終存在。如果他釣到一條好魚，他答應我會帶過來，我們會在蘆薈旁的火坑上燒烤來吃。

　　布魯尼・東特雷卡斯朵，也許出於恐懼，或出於好奇，或兩者都有，稱布魯尼島是「遺世獨立」的地方。

　　如此而已。

　　在這由島民所打造又獨一無二的風景的盡頭，我目光垂落，游標閃爍，然後我開始下筆。

2014

凱利德溫·達薇

雪梨，澳大利亞

　　這幾天，我通常天黑之後才寫作，這是我在兒子出生前，擁有可以在腦袋最清新的大白天裡寫作的奢侈時，從沒做過的事。現在只要有任何空檔，不管白天還是晚上（不過大部分是晚上），我都會把握。在棕櫚樹後遠方的高聳大樓，是從老舊破敗的飯店改造成有玻璃帷幕的太空船造型建築，裡頭都是新式公寓。之前一直沒有人入住，不過最近我發現那些公寓有了生氣，入夜後一戶接一戶有了光亮，新屋主陸續入住，開始在空中過起生活來。雪梨的這一區這些年來慢慢變成住宅密集的區域，經濟的衰退（澳洲因為礦業蓬勃發展，躲過了其中一部分）也阻止不了——這些大型的公寓大樓簡直像蘑菇般在一夜之間冒出來，羅列太平洋公路旁，其中很多是從未踏上澳洲土地的中國投資客購置的，用來保值，預防將來中國經濟破產。在地人對於這些高密度的公寓大樓反應強烈。有些人認為，這些大樓代表著價格高得離譜的雪梨房地產市場，最終會落到低點；對另一些人來說，這些大樓散發著都會感——就一個北邊、西邊和南邊被國家公園包圍，東邊又靠海的擁擠城市，唯一的出路就是往天空發展。我的反應比較個人：多年來我在附近的這類公寓大樓裡住得頗愜意，我爸媽也是。所以我舒服地在夜晚看著窗外的燈火

成長於澳洲和南非
著有長篇小說《血親》*Blood Kin*
以及短篇小說集《唯獨動物》*Only the Animals*
被「美國國家圖書基金會」選為「五位三十五歲以下傑出作家」之一
獲選《華爾街日報》「值得注目的藝術家」
定居澳洲雪梨

一盞盞亮起，形形色色的檯燈、頂燈和燈泡的光暈，就像每一戶人家的生活各不相同。每一盞燈火都是獨特的，每一戶的生活都是獨特的，但我們日日夜夜循著相似模式：大多數的燈火都在入夜後打開，大多數也都在午夜前熄滅。

雷貝嘉·沃克

茂宜島，夏威夷，美國

　　我看著這窗景三年了。我望向這些長方形窗格之外，懷著希望也感到絕望，與外連繫的感悟令我目眩神馳，與之脫離的渴望也向我陣陣襲來。我想寫作對於我來說也是如此，好比抓著繩索盪出去又擺回來。

　　且不管我心境如何，我始終喜愛窗外的光線。始終喜愛這分寂靜。喜愛那兩張空椅，彷彿哨兵似地等著訪客，敞開懷抱應許更多。我感到自在，在這個所在，在這條通往哈納村的路上，在太平洋中的這個小島上。我愛大雨滂沱如雷霆壓頂，也愛再次穿透天幕的陽光燦爛刺眼。

　　巧的是這星期我將離家遠行。我的視野在改變，我正動身前往新的文字之屋。我向這扇窗道別，既感激又覺得解脫。我已準備好進入新的一章。

榮獲許多創作獎項的作家、演講者
被《時代雜誌》選為她那一代最具影響力的領袖
著有回憶錄《黑人、白人和猶太人》Black, White, and Jewish
《寶寶之愛》Baby Love，編有選集《真實》To Be Real
《男人本色》What Makes a Man、《一個美滿大家庭》One Big Happy Family
以及《黑色冷靜》Black Cool
最近一本小說是《阿代：一個愛情故事》Adé: A Love Story

2013

瑪麗娜・安迪考特

艾德蒙頓，亞伯達省，加拿大

在命運的撥弄下屈服，我不在東村街上或倫敦的破舊小巷，而是望著亞伯達省艾德蒙頓郊區的一座露臺和寬大且安靜的花園。

打從三個夏天前從歐琪和哈瑞特手中買下這棟房子，我們差不多已經把後院還給松鼠和喜鵲了。路人行經這條巷子時，只露出頭頂，身子像活動畫片在籬笆間隙閃現。我還沒好好搞清楚灑水器怎麼運作，只知它會在怪異的時間突然啟動，心血來潮噴灑一陣，或者說，做做樣子把地弄濕。

從屋裡看出去，這院子彷彿一種犒賞：連在露臺上喝飲料也會覺得特別好喝。不過我都背對著窗，我的書桌面向一堵牆，牆上貼滿圖片、筆記、時間表、雜藝表演相片和節目單。我的鍵盤放在由成堆的書本和紙張——大腦吐出來的一排排字句——圍繞的黑暗小空間。這是個活力張狂的一方天地，紙張上的字字句句會逐步灌入電腦螢幕。

當我雙眼模糊，無法再對焦，我會望向那窗口，好讓我思慮清明、視野清晰。

冬天裡，我望著眼下不存在的空無；夏天時，望著幻想中的平靜生活。清晨，我會在那裡喝咖啡、閱讀，或者用原子筆寫一些東西。事實上，惡狠狠的蚊子讓你無法坐在戶外寫作。那是你對最初的伊甸園的一種想像，而且同樣不可得。

於是我坐到書桌前工作。就像東村的街道，這院子沒有我也會一直存在下去。

生於英屬哥倫比亞黃金鎮，開始寫小說之前
她在加拿大和英國擔任演員和導演為業
入圍二〇〇八年吉勒文學獎（Giller Prize）決選名單
二〇一一年加拿大總督文學獎（Governor General's Award）
二〇〇九年不列顛國協作家獎加拿大／加勒比海地區最佳圖書
定居加拿大亞伯達省。

2011

希拉·海蒂

多倫多，安大略省，加拿大

你看見那棵美麗的灌木？沒有光禿禿的地方，對不對？那是因為獨居在對面那棟房子裡，蓄八字鬍的那位害羞的葡萄牙人，過去六年一直站在那樹籬前，而那樹籬多年來一直有禿掉的一塊。他每天站在那禿掉的一塊前面，盯著它看好幾個鐘頭，就連冬天也如此。每次我辦完雜事回家，把單車鎖在柱子上時，他在那裡。當我走出去查看信箱，或是從筆電上抬頭，他還是在那。

起初我以為他瘋了。後來我認為他比其他人更有深度。我們為何要環顧周遭的一切？一棵灌木就夠我們瞧了。

今年夏天，那禿掉的一塊自動補滿了。我猜他始終知道，那棵樹不缺水、不缺肥料、不缺化學物，也不缺談話，只缺他的關注。現在他站在另一塊空白處前面了。

我坐在滿架子書的房間裡，在一張圓形柚木餐桌旁，在一棟維多利亞式樓房的二（頂）樓。他盯著他的灌木看，我盯著我的電腦。他面向我，我也面向他。我們每天面對面，我們盯某樣東西看，等著空白填滿。

著有六本書，小說《如何為人處世》How Should a Person Be
入選多項年度最佳書籍名單
其中包括《紐約時報》和《沙龍》Salon 電子雜誌
她的作品散見於《倫敦書評》、《麥克斯威尼》McSweeney's 文藝雜誌
《n+1》雜誌、《哈潑》雜誌和《信徒》The Believer 雜誌
定居多倫多

2012

艾爾默·李歐納

布盧姆菲爾德鎮，密西根，美國

　　我坐在這裡，底特律的一處郊區，用手在沒有畫線的黃色紙本上寫作，書桌前是一片會令人出神的景致：露臺上有迪士尼人物般的松鼠，會上前要東西吃，當我給出開心果，牠們可樂翻了。一回我從文稿上抬頭，看見一頭郊狼在十多呎外的樹籬邊盯著我，儘管牠對我其實沒有多大興趣。松鼠知道郊狼來了，所以隱匿不出，那郊狼四處走動，巴望能在另一個院子找到一隻小狗。好幾回我看到一頭老鷹棲在蘋果樹上，爪子扣著樹枝，等著不至於蠢到曝露自己的獵物。當我寫到一半卡住或寫過頭時，分心是好的。老鷹飛走了，松鼠開始大膽出來活動，一開始還小心翼翼的。於是我回到黃本子上，腦子裡不必要的文字已一掃而空。

著有四十五本小説，在漫長又成功的寫作生涯裡
西部短篇小説和犯罪短篇小説幾乎一樣多
其中很多被改編成賣座電影和熱門電視影集
包括《戰略高手》（Out of Sight）、《矮子當道》（Get Shorty）
《黑色終結令》（Jacky Brown）、《決戰三點十分》（3:10 to Yuma）
美國 FX 電視熱門影集《雷藍警長》（Raylan）
李歐納榮獲美國圖書基金會授予的美國文學傑出貢獻獎
美國筆會終身成就獎，以及美國推理作家協會大師獎
素有「底特律的狄更斯」的美譽，自一九三四年起定居底特律，直至二〇一三年過世

2011

潔若汀・布魯克絲

西堤斯伯里，麻薩諸塞州，美國

　　那水從沒停過。那銀色水瀑，那白色翻騰泡沫，那順著向前奔流的小溪平滑延展的渦漩和渦流。那裡曾有個磨坊。一六六五年，英國開拓者班傑明・丘奇，在本地的萬帕諾亞格印地安人取名為 Tiasquam 的這條小溪上築壩，利用瀑布的水力搬動巨大的石磨。磨坊已經消失二十年，石磨成了我屋子入口的一個門階。曾經在草地上吃草的乳牛也不復見。如今此處僅有的產業是我運轉中的想像力。野生動物取回了牠們的小溪，我會瞥見河獺從水壩表面濕滑的草滑下來，還有麝鼠在溪岸晃蕩，儘管很稀奇。比較常見的是大鱷龜——龜殼上斑疤累累的高齡老傢伙，爬到岸上曬太陽。有時候我會放我那匹母馬到雪松下吃草，但不常這麼做，我想保護那條溪，讓溼地植物復育重生。説不定有天我會徹底摧毀班傑明・丘奇的建樹，拆掉他蓋的水壩，讓水找到它自然的渠道。到時説不定鯡魚每年春天會回來，一群又一群扭擺矯捷身軀、閃著銀光、逆水洄游產卵。

著有四本小説、兩本文集
她二〇〇六年的小説《馬區》March 贏得普立茲文學獎
出生且成長於雪梨，她曾擔任《華爾街日報》海外特派員
採訪足跡遍及中東、非洲和巴爾幹半島
目前定居瑪莎葡萄園。

2013

貝瑞‧約克魯

皇后區，紐約市，美國

我的窗景滿糟的。我人在這棟樓的後面，直直看出去是另一棟樓的後面。每當我起身望向窗外（這情況不常發生），我總覺得自己像偷窺狂，也像暴露狂。我住的街區，皇后區的傑克遜高地，是「花園公寓大樓」這概念的發源地。我這棟樓不在其中，對面的大樓也不是。

我這地方很幽暗。身為渴望陽光和風景的人，我很難說我住這裡很愜意。坦白說，這裡原本是我女友的公寓，她布置得很舒適。她喜歡幽暗：我是俄國人啊，她這麼解釋。後來她在附近買了公寓，我就接手這地方，當作書房用，順便擺放一些我的私人物品……

我們經常旅行。我女友是國際餐廳評論員。我會帶回滿皮箱的明信片、月曆、飯店文具、海報、足球隊圍巾、海灘巾等等。這些紀念品形成了蒙塵的彩色奇觀，漸漸淹沒我的公寓。

旅行帶回來的東西只是一部分。以前我長期在曼哈頓租倉庫存放物品，其中包括我父親生前的一箱箱藏書。現在我有公寓了，那些從未開封的鼓鼓的箱子，目前就罩著蒙塵的墨西哥毯，堆在我女友覆蓋著彩色布幔、蒙塵的老舊鋼琴下方。被埋沒，但不死。

所以在這扇窗的內側，那散亂的物品和灰塵是問題。怪異的是，散亂一片既是某種展露，也是隱匿……我正在寫一本和這概念有關的書。請拭目以待。

著有《戴爸爸的頭》Wearing Dad's Head、《憂愁的旅人》Haunted Traveler
以及《性的哀愁》The Sadness of Sex，《性的哀愁》曾拍成電影，由作者本人擔綱演出
他的回憶錄《凌亂》Mess 近期已經問世
他目前住在紐約，部分時間待在伊斯坦堡

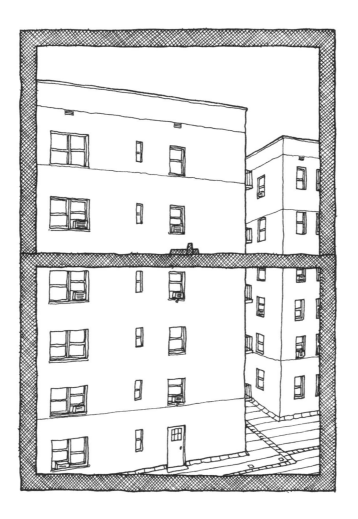

2013

泰居·柯爾

布魯克林，紐約市，美國

我住在布魯克林有百年歷史的一排樓房的二樓。不過，這和布魯克林人想到住在布魯克林的作家時，所想像的不一樣。我這一條街沒有咖啡廳，這一區也沒有書店，儘管有幾家服飾店，但不是格林堡壘或威廉斯堡那區有的時髦精品店。我這一區叫日落公園，介於綠蔭公墓和韋拉扎諾海峽大橋之間，居民多半來自波多黎各、墨西哥、中國和東南亞，新近的移民居多。

我在約莫是起居室兩倍大的房間裡寫作，坐在一張隱約是丹麥設計的大型現代桌子前。方位朝西南，冬天時，這房間簡直跟鄉間一樣明亮。陽光灑進來，從清早直到傍晚。在這公寓裡，我最愛這個房間。白天時，我常會起身走到窗邊，望穿防火梯，看向對街那一排樓房。我看到的不是樓房正面而是背面，它們的背面對著我這一排樓房的背面。這樣的安排讓我想到蓋在運河兩岸的房子，彷彿這兩排樓房之間不再是紐約市常見的後院，彷彿我們在阿姆斯特丹，隔著流經下方的河水彼此相望。每當太陽沉落，我的房間變暗，鄰居的燈火開始一一亮起，我會離開文稿，開始想像他們所過的生活和夢想，不管他們說的是那種外語，也思索著他們和我之間橋梁的闕如。

一九七五年生於美國，在奈及利亞長大
著有《天天為了那個賊》Every Day is for the Thief 和《不設防的城市》Open City
《不設防的城市》榮獲美國筆會／海明威基金會小説獎
紐約市圖書獎小説獎、美國藝術暨文學學會羅森沙紀念獎、國際文學獎
入圍美國國家書評獎決選名單、紐約公共圖書館幼獅獎
以及翁達傑文學獎（Ondaatje Prize of the Royal Society of Literature）
他定居布魯克林

2014

萊絲莉·特諾里奧

紐約市，紐約，美國

　　從東村標準飯店的一〇〇六號房，你可以看見一面白底的鐘俯瞰一座三角形小公園。右邊是海水綠的圓頂，鑲著一圈拱型小窗，部分被四四方方的建築物遮住了，這四方的建物褪色而不起眼，只有面南牆上的十字架醒目，屋頂上還晾著一排衣服。正前方是寬大、空白猶如一面牆的一棟大樓，似乎沒有人進出。

　　如果你不住在紐約，你可能不知道這些建築物的名稱和歷史、它們在城裡的功用，以及對居民的意義為何。不過，這就是來到人生地不熟地方的好處——其中的一切都由你的第一印象來定義。比方說，那海水綠的圓頂，如此格格不入，不合時宜，裡頭很可能同時存在既古老又未來的東西——生鏽的星盤和新一代的蘋果平板電腦並放在一起。那十字架可能是關閉的教堂的最後遺物，原本的教堂數十年前被拆掉了，換上了彷彿上千個正方體堆砌而成的建築物。那面白底的鐘是夜裡最亮的東西，鐘下方很可能是打擊犯罪的總部或超級惡棍的巢穴。晾成一排的衣服吸收冬季濕氣，不停翻飛，很可能是無親無故的死者留下來的，沒有親人能收拾。正對面那棟樓始終毫無生氣，但有人在裡面，等著被瞥見，這很確定。你要做的只是等待。

著有《女妖》Monstress（Ecco 出版社／哈珀·柯林斯出版集團）
任教於加州聖瑪莉學院
二〇一四年，她擔任《巴黎評論》紐約駐市作家
入住紐約市標準飯店

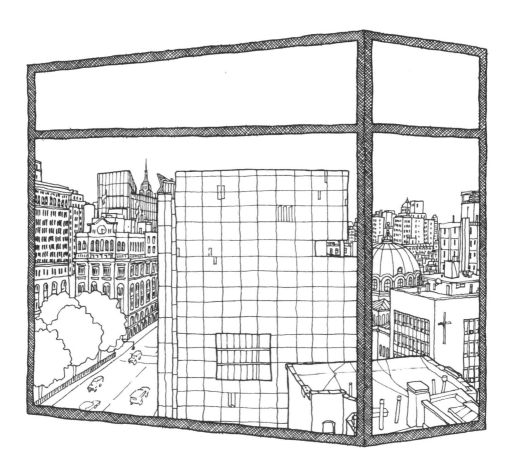

2013

約翰·耶利米·沙利文

威明頓，北卡羅萊納州，美國

　　這是我書房的後窗景。你可以看見老舊車庫（裡頭還保有一口深油坑，打從人們會自己修理車子的年代保留至今）的一面牆。後院上方枝椏綿延的木蘭樹正在開花。每逢花開，我們會把樓上寢廊的門打開，讓整屋子瀰漫著花香。我老婆會剪下一朵花，用碗裝水，讓花漂浮在碗裡，擺在餐桌上。木蘭會落下數以百計的大籽莢，一年一次──從樹上沉沉墜落，我總擔心它們會砸到某人的頭（這些籽莢又大又重，足以砸傷人）。籽莢會落一個月左右，這期間我們會把籽莢掃起來。它們看起來很像褐綠色的手榴彈，可是卻到處爆開鮮紅色的籽。轉黃掉落的木蘭樹葉又硬又脆，這又是一個問題，因為葉面會蓄積一小汪水，蚊子會在那裡產卵，所以你得盡快把落葉掃起來。總之，一大棵木蘭樹帶來大量的勞動，但我永遠不會把它砍掉。一星期左右的開花期值得一切。況且，綿密枝葉交織成的蔽天濃蔭，籠罩著後門到車道的一整條紅磚路。縱使下大雨，走在那紅磚路上也不會淋濕。有時候我會拍拍樹幹，感謝它為我們遮風擋雨，或者只是單純打個招呼。一回，我們一家子外出旅行兩個月，一回到家，我女兒──當時四歲──直衝向那棵樹，緊緊抱著它好久好久，什麼也沒說，之後才進家門。我想這棵樹可以說是這屋子的守護者。

《紐約時代雜誌》特約撰稿人
《巴黎評論》的《南方評論》編輯
他出版的書《果肉腦袋》*Pulphead*
獲得「美國國家書評獎」提名
他住在北卡羅萊納州的威明頓

2012

伊迪薇吉·丹蒂凱特

邁阿密，佛羅里達州，美國

　　我看不到書房窗外的景象，除非站起身。我的書桌擺在窗臺下，很像給某個逃跑的巨人當腳凳用的，而且看起來很貼切，因為我住在兩個極為不同的街區的邊緣：一個是時髦的設計中心，另一個是正在仕紳化的勞工階級聚落。當我從書桌上抬起頭，只會看到窗簾和玻璃，這讓我感到既安心又疏離。當我真的站起身往外看，會看到由樹籬圈起的一扇小門，彷彿另一種窗戶，一種落地窗，只不過沒有真正的天花板。

　　我在家工作，這意味著，我的家居生活或寫作生活也沒有天花板。這兩者常常彼此交替，就像夜晚和白天，當我寫得很順暢的時候尤其是如此。我刻意挑選窗景最單純的屋側來寫作。這素樸的景致讓我想到高中話劇裡克難的極簡劇幕。那些樹木、電線，甚至遠方的教堂尖塔，看起來就像是拿我書桌當腳凳的同一個巨人拖來的，也許是要跟邊走邊大聲講話的路人揮舞示意。那樹籬擋住了路過的人，我聽見四種嗓音，有時低語，有時爭吵，有時甚至是在深夜裡引吭高歌。這不令我困擾，反倒覺得像是與親人和陌生人等一同旅行。當我所愛的人在牆的這一側走動或睡覺，其他人在那世界裡漫步，就像我故事裡的人物在我窗外漫步，甚至在超乎我想像力之外的地方漫步。最後當我打開那扇金屬小門走出去，這世界感覺起來既陌生又熟悉。彷彿我離開過，但沒有離開很久。

一九六九年生於海地
在獨裁的杜瓦利埃政權下由姑姑撫養長大（她的雙親在她四歲時前往美國）
她的作品散見於《紐約客》和許多選集，著有多本紀實文集
其中最著名的是《兄弟，我快死了》Brother, I'm Dying（克諾夫出版社，2007）
獲得美國國家圖書獎提名
她榮獲二〇〇九年麥克阿瑟基金會「天才獎」
她最近一本小説《海之光的克萊爾》Claire of the Sea Light
由克諾夫出版社於二〇一三年出版

2013

波義耳

蒙特西托，加州，美國

　　我從不覺得有需要躲到寫作村去尋找大自然與寧靜，我在《東是東》*East is East* 還嘲諷那類地方。我從書桌前望向窗外時，總看著在屋頂輪廓線上方的那棵大橡樹，以及更遠處——喔，也許三哩外——聖塔陽茲山脈高聳的暗黃色山脊。這之間是一大片植被，一大片天空，以及掛在那兒像活動雕塑似的老鷹。框著這幅景色的窗框是這房子獨有的，而這棟房子是萊特（Frank Lloyd Wright）在加州的第一件設計作品，丁字形呈現了一棵樹的意象。這是因為房子的周圍是一片森林，大量的藍鷯曾經來此過冬（可惜目前藍鷯數量大大減少），在一百多年前，這森林最初就有「蝴蝶林」的美名。

　　這些帶給我什麼？分心和專心都有。我會暫時停筆，抬起頭看著陽光射進林子裡，或看著啄木鳥和松鼠從橡樹劫掠橡實，沒什麼比像大猩猩過境似的喧鬧奔忙更令人分心的了。當我結束寫作，我會走到林子裡，像地主該做的那樣進行一些養護工作，撿木柴，在需要澆水的地方供應珍貴的水，端詳著在後院水塘裡悠游的魚。這些都是半鄉村、半自然的活動，而且十足放鬆。不像設計這棟房子的建築師，他的生活中似乎需要混亂才能發想創造，我需要平和與寧靜。從這扇窗望出去，我有的都在那裡了。除了呼喊一聲哈利路亞，我還能說什麼。

著有二十五部小說
包括《短篇小說集》*Collected Stories*, 2013
以及長篇小說《聖米格爾》*San Miguel*, 2012
他住在加州的聖塔芭芭拉

2014

2014

蜜雪兒‧亨涅曼

阿爾塔迪納，加州，美國

我的書房是後院裡的一棟小屋，距離主屋約五十呎，而主屋位在深入市郊街區的一大塊旗幟形狀的土地。這屋子非常隱密，我只看見鄰居家的樹——看不到電線、街道甚或屋頂；很像在公園裡或在另一個世紀裡工作。

從前，這塊土地是西印度園圃的一部分，這園圃以前歸弗雷德瑞克‧波佩諾（Frederick Popenoe）所有，他把椰棗和佛也得酪梨（fuerte avocado）引進南加州。我搬進來時，園圃大都荒蕪了，但從我的書桌看過去，可看到三棵古老龐大的尤加利樹坐鎮後院。我們稱它們是國王、皇后和王子。我們很寶貝它們，會定期修剪（因此不會被聖塔安娜風吹倒，壓扁房子），把終年掉落，數量多得驚人的橡實、樹枝、葉子和樹皮耙在一起。

我的住處位於我成長地方的東邊一哩處，而我成長的地方也是我父親成長的地方（這種傳承在加州很罕見）。我爸八歲時和一個朋友一起逃家，他們倆就是在這同一片地產上，也就是在那尤加利樹皇家下方，扯著一條薄毯子度過一夜。八十年後，我爸來看我的新家時，就是看到那三棵樹，認出了這地方。

我在這塊土地上改種柑橘類、橄欖、仙人掌、玫瑰和蔬

著有四部小說
最近期的作品是《罪疚》Blame 和《偏軌》Off Course
她住在加州阿爾塔迪納，在加州大學洛杉磯分校教授創意寫作

菜，築籬笆把後院分成一連串戶外隔間。我們在國王和皇后之間養藤蔓，任藤蔓攀爬覆蓋老舊金屬露臺，打造一座遮蔭棚；我們的水電工開玩笑說是「令人發毛的小屋」，結果這綽號就被叫開了。我們也在書桌前方越過院子，部分被石榴樹籬遮住的地方，架了一座大型旅行帳篷，當作備用寢室；它讓某些人想到狩獵旅行，某些人想到山區露營，某些人想到林肯在內戰期間視察軍營。

我想到的是：今天若有逃家小子看到了，想必會很中意。

多年來這就是我寫作時看到的景象；也是每當我想要好好整地時腦中想像的模樣，不足為奇。這布景成了我想像力的大本營和入口，從這裡，我日復一日地開始。

2012

法蘭西斯科·高德曼

墨西哥市,墨西哥

　　我的書桌緊貼著起居室前方的角落,面向牆壁和書架,右邊有一扇寬大的窗,俯瞰科洛尼亞羅姆區裡的一座公園,左邊才是馬帝歐畫的這扇狹窄的邊窗。我和朋友喬恩·李一起分租這公寓,他幾乎一年到頭都在旅行,但因為工作需要,得在拉丁美洲有個落腳處。我們一個月前才搬進來,這是我生平住過最大間的公寓。這起居室之大,大到我買了一顆橄欖球(不是足球),只是想證明可以在起居室裡玩接球,現在我正在找一臺威浮球發球機,我想,拿它來對治我在書桌前經常坐不住的躁動不安,應該很有用。早上我會下樓到面向公園的一家咖啡廳吃早餐。他們的咖啡很棒。我通常會請女侍解說一下鹹味玉米餅、炸玉米餅拌豆泥、墨式開面三明治和歐姆蛋的內容,好讓我邊聽她描述邊在腦裡品嘗,然後點水果和燕麥穀物,她會為此取笑我一番。我會在咖啡廳寫作兩、三個鐘頭,然後再回到公寓的書桌前繼續。除了吃午餐休息一下,我會工作到晚上七點,接著通常會上健身房。彎過街角就有一家墨西哥市最棒的小酒館,多年來我都從更遠的街區上這裡來。他們那裡有個很有趣的傳統。用餐到一半,有位服務生會搖鈴吸引大家注意,接著他會喊出一個名字,然後整個洞窟般的空間迴盪著喧鬧的應和聲「iPendejo!」(大概

作家,近期作品有《念及她名》Say Her Name
榮獲二〇一一年費米娜外國小說獎
以及《內環道》The Interior Circuit: A Mexico City Chronicle

的意思是「混蛋！」）你付錢給服務生，他就會這麼做。一回有個好朋友來訪，是一位愛爾蘭作家，他付錢給服務生，說出把他的文章評得很糟糕的另一個愛爾蘭作家的名字，然後那服務生大聲喊了出來，儘管發音荒腔走板，接著那小酒館裡的每個人，玩骨牌的老人、墨西哥本地和外地的時髦雅士，上那裡找樂子的文青型人物等等，都開心地大喊：「混蛋！」

2013

羅德里格·雷耶·羅薩

瓜地馬拉市，瓜地馬拉

　　從這裡看起來很宜人的風景，在有些日子裡會變成煙火秀。此刻那些火山，不管活躍與否，都被煙霧籠罩著。午後，被擋在山脈和火山群之後的海一起風，就會把霧給吹散，露出帕卡雅火山（最活躍，也是最靠近的）、阿瓜火山、福埃哥火山（可以把火山灰一路噴灑到墨西哥的塔帕丘拉）、阿卡特南哥火山，以及在西邊，從這裡幾乎看不到的托利曼火山和阿提特蘭火山。從這裡也看不見過去十年來在城南崛起的高樓之外的一座深谷，谷裡藏著 limonada —— 這是本地話，指的是垃圾堆裡的貧民窟。那裡是城的盡頭。

　　貧民窟的聲音有時會傳到我這裡：福音歌、派對（低音揚聲器、民族音樂〔noeteñas〕、雷鬼動〔reggaetón〕）、爆竹、爆炸，偶爾還有槍戰。

　　除了建築物以外，我振筆之際身後的風景 —— 天空、不停變化的雲、火山群 —— 和我兒時從爸媽家的屋頂上看到的，其實無二致，而爸媽家就在前景的竹林下方。除此之外，不在視野之內的也一直沒變：那深谷和貧民窟，如今因為仕紳化而人口更稠密，也因為湧入一波波流離失所的農人而更擁擠，他們若不是因為前不久才結束的內戰，就是因為長期困頓，變得一貧如洗或加入幫派，往往不受控制。

一九五八年生於瓜地馬拉
一直住在紐約市和丹吉爾
他將保羅·柏爾斯（Paul Bowles）的多本著作翻譯成西班牙文
也著有多部長篇小說和短篇小說集，包括《乞丐刀》El cuchillo del mendigo
《裴里卡利計畫》Cárcel de árboles、《好心的跛子》El cojo bueno
《非洲海岸》La orilla africana、《賽沃里娜》Severina
以及最新作品《聾子》Los sordos

在這棟架有監視器、安檢門和武裝守衛以防萬一的多樓層公寓裡，從這扇面南的窗看到的歷史少之又少——蓋在前哥倫布時期土墩上的殖民時期水道橋的遺址，穿過陽臺下方，由東到西橫跨半個城，但看得到很多氣象學。

超過半世紀前有位卓越的旅人如此寫道：「這粗野的都城，僅靠樹木才倖免於醜陋。」這說法依然準確，起碼從這扇窗看來如此。

這類的事常常會在我寫作時浮上心頭。（本段文字原文為西班牙文，此處係依據 Jessica Henderson 的英譯文所譯。）

亞歷杭德羅·桑布拉

聖地牙哥，智利

　　我不確定我的小工作室是這屋子裡最佳的寫作地點。夏天太熱，冬天又太冷。但是我喜歡這扇窗。我喜歡被電線穿過的樹木和那片可得的天空。寂靜從來不是絕對的，也許它是——也許我的寂靜的概念眼下包含了不停的狗吠和忽大忽小的轟鳴車聲。看著路人、零星幾個騎單車的人和汽車經過，帶給我莫大的快樂。

　　腸枯思竭之際，我就會坐在那兒欣賞風景。我很確定，那放空的幾分鐘，那顯然失落的時光，就某方面來說都是有用的，對寫作而言不可或缺：如果我在另一個房間，對著另一扇窗，我的書會大不相同。（本段文字原文為西班牙文，此處係依據 HarryBacklund 的英譯文所譯。）

一九七五年生於智利的聖地牙哥
著有《盆栽小情事》Bonsai、《樹的私密生活》The Private Lives of Trees
《回家的路》Ways of Going Home 以及《我的檔案》My Documents
他的幾篇短篇小說曾在《紐約客》、《巴黎評論》、《西洋鏡》Zoetrope
和《麥克斯威尼》發表

2013

塔蒂阿娜·薩琳·列維

里約熱內盧，巴西

　　雖然我臥房裡有個寫作間，但每天起床後，我還是會把筆電帶到餐廳的桌上。從餐廳看出去的窗景很寬闊，令我神遊。寫作時我需要感覺到時間和空間的無窮無盡，我受不了在封閉的空間寫作，一個鐘頭都受不了。

　　當我坐到桌前，早晨依然安靜；我聽到一、兩個孩子正要上學，還有時常到窗前拜訪我的鳥兒。那是我文思泉湧的時刻，眼前那些建築物的不平衡和不平整給了我很多靈感。接下來一整天，靈感會消退。我會起身憑窗觀看坐著時看不到的景象：右邊高山頂上的耶穌像。我默默地開始跟那張開手臂的男人說話，直到思緒迷失，然後我決定坐回椅子上。就這樣，我的日子在桌子和窗子之間消逝。

巴西作家
生於一九七九年
她的第一本小說《在斯麥納的屋子》The House in Smyrna
由文書出版社（Scribe）於英國出版

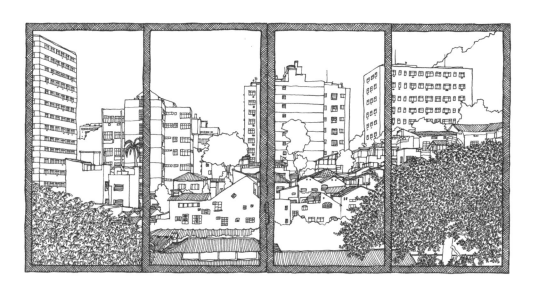

2013

丹尼爾·加雷拉

阿雷格里港／愉港，巴西

　　這扇面向小廣場，露出矮樓屋和樹梢的大窗，是我搬到這公寓的原因之一。開闊的視野確實讓我有心情寫作，但我偏好某種視野。遼闊美麗的自然景觀會讓我分心：我會很想走出去，因此必須關上窗才行。面向牆壁的窗更糟，我會覺得受壓迫。這景色正是我需要的：種有幾棵樹、有些許人和噪音的廣場。即使是車流的聲音多少也可以激發我——我因而可以跟都市環境、城市生活有所連結，可以注意到在我周遭生活、做其他事的人，這可以打斷寫作所需的持續性孤絕，緩和孤獨感。面向這大抵不會改變的窗景，我聽著狗吠和鳥啼、女孩練長笛、公車和卡車的轟鳴、急救車的警報、風聲和雨聲、瘋子和遊民的叫嚷、夜深時喧囂的音樂和打架聲，有時甚至是寂靜，漫長的寂靜。有些窗口是做白日夢用的，但這種窗口是陪伴我用的。

巴西作家及翻譯家。
他的最新小說《沾血的鬍鬚》Blood-Drenched Beard
由企鵝出版社於二〇一五年一月出版

2014

瑪利亞·兒玉

布宜諾斯艾利斯，阿根廷

　　布宜諾斯艾利斯的雷柯萊塔街區的一棟房子裡，有一扇窗讓人倍感天恩眷顧。它俯瞰著在地人稱為 pulmón de manzana —— 直譯是某街區的肺 —— 的那種中庭花園，望出去可看到天空和廣闊的植栽、樹木，還有攀爬在鄰近屋樓牆壁上的藤蔓，其色澤顯現季節的更迭。此外，這扇窗庇護著我已故丈夫波赫士的藏書房。一座真正的「巴別圖書館」，擺滿了舊書，卷首、卷尾寫滿了他小筆跡的註記。

　　當午後時光緩緩推移，我會從文件上抬頭，凝望這窗景。也許會有明媚春光湧入，如果是夏天，就會飄來茉莉的香氣或橙花的香味，和皮革及書紙的氣味混在一起，這曾經帶給波赫士無比的愉悅。

　　這窗還有一個驚喜。我可以從這裡望見波赫士住過的房屋的花園，他在那裡寫了他最知名的短篇小說之一〈環墟〉。在這裡，我可以穿梭在兩個世界。有時候，我會追隨波赫士，思索哪個才是真實的：從窗口望出去，沐浴在午後光輝或夕陽餘暉中，遠方坐落著波赫士曾住過的房屋的那個世界？還是架上滿滿是他曾經觸摸過的書的巴別圖書館這個世界？（本段文字原文為西班牙文，此處係依據 Esther Allen 的英譯文所譯。）

生於布宜諾斯艾利斯
十六歲時開始與波赫士（Jorge Luis Borges）鑽研和翻譯盎格魯－薩克遜文學和冰島文
她在歐洲、亞洲和美洲各地演講
也是波赫士國際基金會和波赫士博物館的創始人和主席
她榮獲法國政府頒授藝術及文學軍官勳章（Officier de l'Ordre des Arts et des Letters）
獲阿根廷政府頒授波赫士獎（Premio Jorge Luis Borges）

2010

謝辭

我要感謝讓我把他們的窗景畫出來的每個人。能夠飽覽這些美妙的地方，浸淫其中，甚至不需踏出畫室一步便能享受，是我的榮幸，也是莫大的愉悅。每當我閉上眼，這些窗景仍清晰浮現。我也要感謝幫忙我收集這些相片資料的每個人，讓我有機會結識支持這項計畫的所有作家。因為人數眾多，很遺憾我無法在此一一向你們致謝。感謝《紐約時報》的 Clay Risen 和 Aviva Michaelov，他們是這本書的兩大支柱。我要特別感謝 David Shipley，最初就是他以我想像不到又令人驚喜的廣闊視野來構思這一系列的繪圖，我也要感謝 Scott Moyers 從頭到尾一路相挺。我要特別感謝企鵝出版社的 Mally Anderson 和 Claire Vaccaro。我尤其要對 Lorin Stein、Clare Fentress 和《巴黎評論》的工作人員致上謝意，他們對這本書付出了無比的心思與關注。我衷心感謝文學經紀公司 Wylie Agency 的 Luke Ingram 和所有人，他們以耐心和一貫的堅持完成這本耗費大量時間與精力，集眾人之力的書，尤其是 Rebecca Nagel，她在成書過程中的付出、支援與指導，我感激不盡。

國家圖書館出版品預行編目（CIP）資料

窗：50 位作家 X50 個觀點 / 馬帝歐. 佩里柯利著；廖婉如譯.
-- 初版. -- 臺北市：馬可孛羅文化出版：家庭傳媒城邦分公司發行, 2015.12
144 面；15x22.5 公分
譯自：Windows on the world : fifty writers, fifty views
ISBN 978-986-5722-71-5（精裝）
I. 文學與藝術
810.76　　　104021489

Act MA0035

窗：50 位作家，50 種觀點
Windows on the World: Fifty Writers, Fifty Views

作者	馬帝歐‧佩里柯利 Matteo Pericoli
譯者	廖婉如
美術設計	鄭宇斌
總編輯	郭寶秀
責任編輯	陳郁侖
行銷業務	李品宜、力宏勳

發行人	涂玉雲
出版	馬可孛羅文化
	104 台北市民生東路 2 段 141 號 5 樓
	電話：02-25007696
發行	英屬蓋曼群島商家庭傳媒股份有限公司城邦分公司
	台北市中山區民生東路二段 141 號 2 樓
	客服服務專線：(886)2-25007718; 25007719
	24 小時傳真專線：(886)2-25001990; 25001991
	服務時間：週一至週五 9:00-12:00；13:00-17:00
	劃撥帳號：19863813 戶名：書虫股份有限公司
	讀者服務信箱：service@readingclub.com.tw
香港發行所	城邦（香港）出版集團有限公司
	香港灣仔駱克道 193 號東超商業中心 1 樓
	電話：(852) 25086231 傳真：(852) 25789337
	E-mail：hkcite@biznetvigator.com
馬新發行所	城邦（馬新）出版集團
	Cite (M) Sdn. Bhd.(458372U)
	41, Jalan Radin Anum, Bandar Baru Seri Petaling,
	57000 Kuala Lumpur, Malaysia
	電話：(603) 90578822 傳真：(603) 90576622
	電子信箱：services@cite.com.my
輸出印刷	前進彩藝有限公司
初版一刷	2015 年 12 月
定價	400 元（如有缺頁或破損請寄回更換）
	版權所有‧翻印必究